La Isla del Doctor Moreau

Austral Intrépida

H. G. WELLS

LA ISLA DEL DOCTOR MOREAU

Traducción
José C. Vales

Título original: *The Island of Doctor Moreau*

Avda. Diagonal, 662-664, 08034 Barcelona (España)
www.planetadelibros.com

Diseño de la colección: Austral / Área Editorial Grupo Planeta
Ilustración de la cubierta: © Pete Lloyd
Primera edición en Austral: junio de 2024

Depósito legal: B. 9.801-2024
ISBN: 978-84-08-28919-7
Composición: Realización Planeta
Impresión y encuadernación: Egedsa
Printed in Spain - Impreso en España

Intrépido lector:

Tras un largo y extenuante naufragio, Edward Prendick, investigador en el campo de la biología, es rescatado por una goleta. A bordo del barco van un capitán borracho e iracundo, un hombre con algunos conocimientos de medicina y un individuo siniestro. Entre el cargamento figuran algunos animales, como un puma, una llama y varios conejos.

Después de llegar a una isla remota de los Mares del Sur, Prendick conoce al doctor Moreau, un científico de pelo blanco cuya fe en la ciencia tiene resultados espeluznantes. El descubrimiento de los experimentos perpetrados en la isla perturbará profundamente a nuestro protagonista.

¡Atrévete a seguirle los pasos en esta sobrecogedora aventura!

LA ISLA DEL DOCTOR MOREAU

INTRODUCCIÓN

El 1 de febrero de 1887, el Lady Vain naufragó tras una colisión con un pecio abandonado cuando se encontraba a 1° de latitud sur y a 107° de longitud oeste.

El 5 de enero de 1888 —esto es, once meses y cuatro días después—, mi tío, Edward Prendick, un caballero de buena familia, que con seguridad había embarcado en el Lady Vain en Callao, y al que habían dado por ahogado, fue rescatado a 5° 3' de latitud sur y a 101° de longitud oeste, en un pequeño bote cuyo nombre era ilegible, pero que —se dio por hecho— había pertenecido a una goleta perdida llamada Ipecacuanha. Mi tío hizo un relato tan raro de lo que le había acontecido que lo tomaron por loco. Posteriormente explicó que no recordaba nada desde el momento en el que abandonó el Lady Vain. En aquel momento, algunos psicólogos trataron su caso como un curioso ejemplo de pérdida de memoria tras un episodio de extraordinaria tensión física y mental. El siguiente relato lo encontró entre sus papeles el abajo firmante, su sobrino y heredero, pero no venía acompañado de una petición explícita de publicación.

Que se sepa, la única isla conocida en la región en la que fue rescatado mi tío es la Isla Noble, un pequeño islote volcánico deshabitado. El buque HMS Scorpion estuvo por allí años después, en 1891. Una partida de marineros desembarcó en aquel entonces, pero no encontraron ni un alma por los alrededores, salvo unas curiosas polillas blancas, algunos jabalíes y conejos, y algunas ratas bastante raras. No se capturó ningún ejemplar de los mencionados animales. Así que este relato no puede confirmarse en uno de sus aspectos más esenciales. Entendido esto, no parece que haya ningún inconveniente en ofrecer esta extraña historia al público, de acuerdo, según creo, con las intenciones de mi tío. Al menos la historia tiene una cosa del todo cierta: mi tío se perdió, con toda seguridad, aproximadamente a 5° de latitud sur y a 105° de longitud oeste y no se supo nada más de él hasta que reapareció en ese mismo lugar del océano después de un período de once meses. De alguna manera tuvo que sobrevivir durante ese intervalo. Y puede añadirse que, al parecer, una goleta llamada Ipecacuanha, con un capitán borracho, John Davis, partió de Arica con un puma y algunos otros animales a bordo en enero de 1887, y que ese barco era bien conocido en varios puertos del Pacífico Sur, y que al final desapareció en esos mares (con una considerable carga de copra a bordo), navegando desde Banya hacia un destino desconocido, en diciembre de 1887, fecha que concuerda plenamente con la historia de mi tío.

Charles Edward Prendick

CAPÍTULO 1

En el bote salvavidas del Lady Vain

No tengo ninguna intención de añadir nada a lo que ya se ha escrito sobre el naufragio del Lady Vain. Como todo el mundo sabe, el barco colisionó con un pecio abandonado tras diez días de navegación desde Callao. La chalupa grande, con siete miembros de la tripulación, la rescató dieciocho días después el buque cañonero Myrtle, y la historia de sus desdichas casi se ha hecho tan famosa como las del caso, mucho más terrible, del Medusa. Sin embargo, ahora yo tengo que añadir a la historia publicada y conocida del Lady Vain otra igual de espantosa, y desde luego mucho más extraña. Hasta ahora se ha creído que los cuatro hombres que subieron al pequeño bote salvavidas murieron, pero eso no es cierto. Tengo la mejor prueba para fundamentar esta afirmación: yo soy uno de aquellos cuatro hombres.

Pero, en primer lugar, debo dejar bien claro que nunca hubo cuatro hombres en el bote salvavidas: solo éramos tres. Constans, a quien «el capitán vio saltar a la barca» (*Daily News*, 17 de marzo de 1887), afortunadamente para nosotros y desafortunadamente para él, no pudo llegar hasta el bote. Cuando bajaba de la maraña de cabos que había bajo el estay del bauprés destrozado, se le enredó una cuerda en el tobillo y, durante unos minutos, quedó colgado boca abajo, y luego cayó y se golpeó con un trozo de mástil que estaba flotando en el agua. Remamos hacia él, pero no pudimos hacer nada.

Como digo, afortunadamente para nosotros no pudo alcanzarnos, y casi podría añadir que afortunadamente para él también, porque solo teníamos un pequeño barril de agua y algunas galletas marineras empapadas... así de repentina había sido la alarma y así de mal preparado estaba el barco para afrontar cualquier desastre. Nosotros pensamos que la gente de la lancha estaría mejor aprovisionada (aunque al parecer no era así) e intentamos llamarlos a gritos. No nos oyeron y, a la mañana siguiente, cuando dejó de lloviznar —cosa que no ocurrió hasta pasado el mediodía—, ya no había ni rastro de ellos. Ni siquiera podíamos incorporarnos para mirar a nuestro alrededor por culpa del cabeceo del bote. El mar se erizaba con grandes olas y ya teníamos bastante labor con mantener la proa del bote frente a ellas para no volcar. Los otros dos hombres que habían conseguido escapar conmigo eran un tal Helmar, pasajero del barco, como yo, y un marinero cuyo nombre desconozco, un hombrecillo pequeño, robusto y tartamudo.

Estuvimos navegando a la deriva, muertos de hambre, y, cuando el agua que teníamos se terminó, nos vimos atormentados por una sed espantosa durante ocho días enteros. Al segundo día el mar se fue calmando poco a poco hasta convertirse en un espejo inmóvil. Es imposible que un lector común pueda imaginar cómo fueron aquellos ocho días. Afortunadamente para él, no tiene nada en su memoria con que poder compararlo. Después del primer día, casi no nos dirigimos la palabra y ocupamos nuestros sitios en el bote mientras mirábamos el horizonte o escrutábamos, con ojos cada vez más grandes y demacrados, el sufrimiento y la debilidad que se apoderaban de nuestros compañeros. El sol caía implacable. El agua se acabó el cuarto día y para entonces ya estábamos delirando y pensando cosas raras y diciéndolas con las miradas; pero fue, me parece, al sexto día cuando Helmar dijo lo que los tres teníamos en mente. Recuerdo que nuestras voces sonaban resecas y débiles, así que teníamos que inclinarnos hacia los otros para ahorrarnos el esfuerzo de hablar. Yo me opuse con todas mis fuerzas, y dije que prefería barrenar el bote y que muriéramos los tres en las fauces de los tiburones que nos seguían; pero cuando Helmar dijo que, si aceptábamos su propuesta, tendríamos algo que beber, el marinero se puso de su parte.

En cualquier caso, yo no quise echarlo a suertes y, por la noche, el marinero no hacía más que susurrarle algo a Helmar; yo me acomodé en la proa con mi navaja en la mano... aunque dudo que hubiera tenido fuerzas para pelear. Por la mañana acepté la propuesta de Helmar y utilizamos una moneda de medio penique para decidir quién sería el sacrificado.

La mala fortuna recayó en el marinero, pero era el más fuerte de los tres y no estaba dispuesto a aceptar su suerte, de manera que se abalanzó contra Helmar. Se enzarzaron en una pelea y casi se pusieron de pie. Yo me arrastré por el bote hacia ellos, con la intención de ayudar a Helmar, y agarré por una pierna al marinero, pero este se tambaleó con el balanceo, y ambos se precipitaron contra la regala y cayeron por la borda. Se hundieron como piedras. Recuerdo haberme reído por ello y haberme preguntado luego por qué me reía. La risa me sorprendió como si no fuera mía.

Me tumbé en una de las bancadas y allí estuve durante no sé cuánto tiempo, pensando que, si aún tuviera fuerza de voluntad, bebería agua del mar y enloquecería para morir cuanto antes. Y mientras estaba allí tumbado, vi, con el mismo escaso interés que si hubiera sido un cuadro, una vela que se acercaba a mí desde el horizonte. Seguramente estaba delirando y, sin embargo, recuerdo con mucha claridad todo lo que ocurrió. Recuerdo cómo mi cabeza se balanceaba con las olas y el horizonte, con el lejano velamen, danzaba arriba y abajo. Pero también recuerdo con la misma claridad que tuve la convicción de que estaba muerto y que pensé que era una broma absurda que llegaran tarde, y por tan poco, para encontrarme con vida.

Durante un tiempo interminable, o eso me pareció a mí, estuve tendido con la cabeza apoyada en la bancada, observando la goleta que danzaba sobre el mar: era un barco pequeño, con aparejos de vela a proa y a popa. Viraba de un lado a otro, en amplios giros de rumbo, porque navegaba contra el viento. En ningún momento se me ocurrió llamar su atención, y no recuerdo nada con claridad desde que vi el flanco del navío hasta que me encontré en un pequeño camarote. Tengo un vago recuerdo de que me transportaban por una pasarela y de ver un gran rostro colorado, cubierto de pecas y rodeado de pelo rojo, que me miraba desde la borda. También tuve una impresión dudosa de un rostro oscuro que me miraba muy de cerca con unos ojos tremendos, pero siempre pensé que había sido una pesadilla hasta que volví a verlo. Creo recordar que me echaron algo en la boca. Y eso es todo.

CAPÍTULO 2

El hombre que no iba a ninguna parte

El camarote en el que me encontraba era pequeño y estaba bastante sucio. Un hombre de aspecto juvenil, con el pelo de estropajo, un hirsuto bigote pajizo y el labio inferior caído estaba sentado a mi lado y me sujetaba la muñeca. Durante un instante estuvimos observándonos mutuamente, sin hablar. Tenía los ojos grises y acuosos, con una extraña falta de expresividad.

Entonces, justo encima de nosotros, se produjo un ruido como si golpearan un armazón de hierro y luego se oyó el grave gruñido de algún animal grande. En ese mismo momento, el hombre volvió a hablar.

Repitió su pregunta:

—¿Cómo se encuentra?

Creo que dije que me encontraba bien. No recordaba cómo había llegado allí. Aquel hombre debió de ver la pregunta en mi cara, porque yo no podía articular palabra.

—Le recogimos de un bote... medio muerto. El bote llevaba el nombre de Lady Vain y había manchas de sangre en una parte de la borda.

En ese momento me fijé en mi mano, tan delgada que parecía una sucia bolsa de piel rellena de huesos sueltos, y entonces toda la historia del bote salvavidas volvió a mi recuerdo.

—Tome un poco más de esto —dijo el hombre, y me dio una dosis de una sustancia roja y helada.

Sabía como a sangre y me fortaleció de inmediato.

—Ha tenido suerte —dijo— de que lo rescatara un barco con médico a bordo. —Hablaba con una expresión babosa y una especie de ceceo.

—¿Qué clase de barco es este? —pregunté lentamente, con la voz rota debido a mi largo silencio.

—Es un pequeño mercante procedente de Arica y Callao. No se me ha ocurrido preguntar cuál es su puerto de origen. Del país de los idiotas, supongo. Yo también soy un pasajero, de Arica. El dueño de este barco, un bobo de remate, que es también el capitán, se llama Davis: ha perdido la documentación o no sé qué. Ya sabe qué tipo de hombre es... Llama a esto Ipecacuanha: de todos los nombres idiotas ha ido a escoger ese, aunque cuando hay mucha mar y poco viento, el barco tiene el mismo efecto que esa planta.

Entonces volvieron a reproducirse los ruidos de arriba: un agresivo gruñido y la voz de un hombre al mismo tiempo. Luego se oyó una voz diciéndole a algún «idiota desgraciado» que se estuviera quieto.

—Estaba usted a punto de morir —dijo mi interlocutor—. En realidad le faltaba muy poco. Pero le he dado una cosa. ¿Le duelen los brazos? Inyecciones. Ha estado inconsciente durante casi treinta horas.

Pensé en aquello detenidamente. Me distrajeron los ladridos de unos perros.

—¿Podría comer algo sólido? —pregunté.

—Gracias a mí —dijo—. El cordero ya está guisándose.

—Sí —dije con firmeza—. Creo que podría comer algo de cordero.

—Pero —dijo el hombre, con una duda momentánea—, ¿sabe?, me muero por entender cómo acabó usted solo en ese bote.

Me pareció detectar una cierta sospecha en su mirada.

—¡Malditos aullidos!

El hombre salió repentinamente del camarote y oí que mantenía una violenta discusión con alguien, que me pareció que le contestaba farfullando incoherencias. Me dio la impresión de que aquello acabó a golpes, pero en aquel momento pensé que mis oídos me engañaban. Luego gritó a los perros y volvió al camarote.

—¿Y bien? —dijo en el quicio de la puerta—. Estaba a punto de contarme...

Le dije cómo me llamaba, Edward Prendick, y cómo me había dedicado a la historia natural para huir del hastío de una vida regalada. Pareció que aquello le interesaba.

—Yo también me he dedicado un poco a las ciencias... Estudié biología en el University College de Londres: la extracción del ovario de la lombriz, la rádula del caracol y todo eso. ¡Dios mío! De eso hace ya diez años. Pero vamos, vamos: cuénteme qué pasó en el barco.

Evidentemente le satisfizo mucho la franqueza de mi historia, que yo narré con frases bastante breves —porque me sentía espantosamente débil—, y cuando terminé, volvió enseguida al tema de la historia natural y sus particulares estudios de biología. Empezó a preguntarme con gran detalle por Tottenham Court Road y por Gower Street.

—¿Aún sigue abierta la tienda de instrumental científico Caplatzi? ¡Qué establecimiento tan extraordinario!

Era obvio que había sido un estudiante de medicina muy mediocre, y no tardó en cambiar de tema para hablar de las salas de fiesta. Me contó algunas anécdotas.

—Lo dejé todo hace diez años —dijo—. ¡Qué divertido era todo aquello! Pero cometí una tremenda estupidez... y abandoné los estudios antes de cumplir los veintiún años. Me atrevo a decir que ahora todo es diferente... Pero tengo que subir a ver qué está haciendo ese zoquete de cocinero con su cordero.

Los gruñidos de la cubierta continuaron, y tan repentinamente y con tanta furia salvaje que me sobresalté.

—¿Qué es eso? —grité, pero ya había cerrado la puerta.

Regresó luego con el guiso de cordero, y me emocioné tanto con el apetitoso aroma de la comida que olvidé de inmediato los gruñidos de aquel animal.

Tras un día alternando sueño y comida, me encontraba tan recuperado que me sentí con fuerzas para abandonar la litera y asomarme a la escotilla y ver las olas del verde océano que intentaban seguir nuestro paso. Me pareció que la goleta volaba con el viento. Montgomery —ese era el nombre del hombre con el pelo de estropajo— volvió mientras yo estaba plantado allí y le pedí alguna ropa. Me prestó algunas prendas marineras suyas, porque las que yo llevaba en el bote, dijo, las habían tirado por la borda. La ropa de Montgomery me quedaba muy grande, porque él era alto y tenía unas piernas muy largas.

Dejó caer que el capitán estaba completamente borracho en su camarote. Mientras me ponía la ropa, empecé a hacerle algunas preguntas sobre el destino del barco. Dijo que la goleta se dirigía a Hawái, pero que él tenía que desembarcar antes.

—¿Dónde? —le pregunté.

—En una isla... en la que vivo. Por lo que yo sé, no tiene nombre.

Me observó con su labio inferior baboso y colgante, y me pareció que de repente se hacía el bobo con tanto descaro que se me pasó por la cabeza que lo fingía para evitar mis preguntas. Tuve la prudencia de no hacer más.

CAPÍTULO 3
Un rostro extraño

Salimos del camarote y nos topamos con un hombre en la escalerilla que nos impedía salir. Estaba a medio camino del brandal, dándonos la espalda, curioseando por encima del borde de la escotilla. Era, por lo que pude ver, un individuo deforme, bajo, robusto y torpe, con la espalda jorobada, la nuca peluda y cuya cabeza se hundía entre los hombros. Iba ataviado con una ropa de tosca tela azul oscura, y tenía una mata de pelo negro curiosamente espeso y áspero. Oí a los perros invisibles gruñir furiosos, y entonces él se dio media vuelta y rozó la mano que yo había alargado para evitarlo. Se giró con la rapidez de un animal.

La repentina visión de aquel rostro negro me conmocionó profundamente y de una manera que no podría precisar. Era un rostro deforme. La cara parecía alargarse, formando algo que recordaba vagamente a un hocico, y la enorme boca medio abierta dejaba ver unos dientes más grandes y blancos que los que yo había visto en cualquier ser humano. Tenía los ojos inyectados en sangre y apenas había una veta blanca alrededor de sus pupilas avellanadas. Había un curioso fulgor de nerviosismo en su rostro.

—¡Maldito seas! —gritó Montgomery—. ¿Por qué demonios no te quitas de en medio?

El hombre del rostro negro apartó la mirada y no dijo ni una palabra.

Subí la escalerilla, observándolo instintivamente mientras lo hacía. Montgomery se quedó abajo un instante.

—¡Aquí no pintas nada, ya lo sabes! —le dijo, con un tono imperioso—. Tu sitio está en la bodega de proa.

El hombre del rostro negro se acobardó.

—No... quieren que esté ahí... —Hablaba muy despacio, con un extraño tono áspero en su voz.

—¡Pues no vayas! —dijo Montgomery con una voz amenazadora—. ¡Pero lárgate de aquí!

Aquel ser estaba a punto de decir algo más cuando levantó la mirada repentinamente y me vio, y quiso subir por las escaleras. Yo me había detenido a medio camino de la escotilla, mirando hacia atrás, aún asombrado sin medida por la grotesca fealdad de aquella criatura de rostro negro. No había visto jamás una cara tan extraña y repulsiva, y, sin embargo —si se puede aceptar semejante contradicción—, experimenté al mismo tiempo la extraña sensación de que, en cierto sentido, ya conocía exactamente aquellos rasgos y aquellos gestos que en ese momento me asombraban. Después se me ocurrió pensar que tal vez lo hubiera visto cuando me subieron a bordo, pero eso apenas menguó la sospecha de que lo había visto anteriormente. Sin embargo, me resultaba imposible comprender cómo era posible haber visto esos ojos en un rostro tan peculiar y que se me hubiera olvidado el momento preciso en que eso había ocurrido.

Montgomery hizo ademán de seguirme: eso me distrajo y me volví para mirar la cubierta vacía de la pequeña goleta. Los ruidos que había estado oyendo en el camarote casi me habían preparado para afrontar lo que entonces vi. Desde luego, nunca había visto una cubierta tan sucia. Había restos de zanahorias, sobras de verduras y otros desperdicios indescriptibles. Atados con unas cadenas al palo mayor había una serie de espantosos perros de caza que en ese momento empezaron a saltar y a ladrarme, y junto al palo de mesana había un puma enorme encerrado en una diminuta jaula de hierro, demasiado pequeña para que siquiera pudiera darse la vuelta. Más allá, junto a la borda de estribor, había unas grandes jaulas con conejos, y una llama solitaria medio aplastada en una jaula en la proa. Los perros llevaban bozales de cuero. El único ser humano en cubierta era un marinero demacrado y taciturno que manejaba el timón.

Las velas menores, parcheadas y sucias, se tensaban con el viento y, en la parte superior, la pequeña nave parecía haber desplegado todas las telas que tenía. El cielo estaba despejado y el sol, a media altura en el firmamento occidental; las grandes olas, coronadas por la espuma de la brisa, se desplazaban junto a nosotros. Pasamos al lado del timonel, hasta la borda, y vimos cómo el agua espumeaba bajo la popa, y las burbujas danzaban y desaparecían bajo la quilla. Me di la vuelta y observé el desagradable aspecto del barco.

—¿Qué es esto: un zoo flotante? —pregunté.

—Eso parece... —dijo Montgomery.

—¿Para qué son todos estos animales? ¿Son mercancía o curiosidades? ¿Piensa venderlos el capitán en algún lugar de los Mares del Sur?

—Eso parece, ¿no? —dijo Montgomery, volviéndose de nuevo hacia el mar.

De repente oímos un grito y una andanada de blasfemias procedentes de la escotilla, y el hombre deforme con la cara negra salió de allí apresuradamente. Lo perseguía un gordo pelirrojo con una gorra blanca. Cuando vieron al hombre deforme, los perros, que ya se habían cansado de ladrarme a mí, se pusieron nerviosos y furiosos, aullando y tirando de las cadenas. El individuo titubeó delante de ellos, y eso le concedió tiempo al pelirrojo para alcanzarlo y darle un golpe tremendo en la espalda. El pobre desgraciado cayó como un buey abatido, y rodó entre los desperdicios hasta detenerse junto a los perros enfurecidos. Tuvo suerte de que los animales llevaran bozales. El pelirrojo lanzó un grito de victoria y se tambaleó: me pareció que estaba a punto de caerse de espaldas por la escotilla, o hacia delante, sobre su víctima.

En cuanto apareció el segundo hombre, Montgomery reaccionó violentamente.

—¡Cálmese! —gritó, con un tono de queja.

Aparecieron un par de marineros desde los camarotes de proa.

El hombre de la cara negra, aullando con unos gritos

extrañísimos, rodó bajo las patas de los perros. Nadie hizo nada por ayudarlo. Las fieras hacían lo posible por acosarlo, golpeándolo con los bozales. Se produjo una especie de violenta danza de aquellas bestias grises sobre la torpe figura postrada. Los marineros azuzaron a los perros como si fuera un entretenimiento admirable. Montgomery lanzó una exclamación furiosa y avanzó a grandes zancadas por la cubierta. Yo fui tras él.

De inmediato, el hombre de la cara negra se incorporó y se alejó tambaleándose. Fue a toparse contra la borda, cerca del palo mayor, y allí se quedó, jadeando y mirando de reojo y por encima del hombro a los perros. El pelirrojo lanzó una carcajada de satisfacción.

—Escúcheme, capitán —dijo Montgomery, con un ceceo algo más pronunciado y agarrando por los brazos al pelirrojo—: esto no puede seguir así.

Yo me quedé detrás de Montgomery. El capitán dio media vuelta y le lanzó una mirada con los ojos turbios y solemnes de un borracho.

—¿Qué no puede seguir así? —farfulló; y añadió después de mirar con los ojos miopes el rostro de Montgomery durante un instante—: ¡Maldito matasanos!

Con un movimiento violento, se desembarazó de Montgomery y, después de dos intentos infructuosos, consiguió meter sus puños llenos de pecas en los bolsillos.

—Ese hombre es un pasajero —dijo Montgomery—. Ya le advertí que no le pusiera las manos encima.

—¡Vete al infierno! —gritó el capitán. Se giró de repente y avanzó tambaleándose hacia un lado—. En mi barco hago lo que me da la gana —dijo.

Creo que Montgomery podría haberlo dejado en paz entonces, viendo que aquella bestia estaba borracha. Pero la ira solo hizo que palideciera un poco y siguió al capitán hasta la borda.

—Escúcheme, capitán... —le dijo—. Ese hombre es mi criado, no pueden tratarlo mal. Lo han estado acosando desde que subió a bordo.

Durante unos instantes, los vapores etílicos mantuvieron al capitán callado.

—¡Maldito matasanos! —fue lo único que consideró necesario decir al final.

Pude observar que Montgomery tenía uno de esos temperamentos calmados y pertinaces que día a día se van calentando hasta ponerse al rojo vivo y, una vez encendidos, ya nunca se enfrían ni perdonan. Entendí también que aquella discusión venía de lejos.

—Ese hombre está borracho —le dije, quizá demasiado entrometido—. No servirá de nada.

Montgomery torció el labio inferior colgante de un modo muy desagradable.

—Siempre está borracho. ¿Cree usted que eso es una excusa para tratar mal a los pasajeros?

—Mi barco... —dijo el capitán, señalando las jaulas de mala manera con una mano floja—, mi barco estaba limpio. Míralo ahora. —Desde luego, se podía decir cualquier cosa del barco, menos que estaba limpio—. La tripulación... tenía una tripulación respetable.

—Usted aceptó transportar a estos animales.

—Ojalá nunca hubiera puesto la vista en esa isla infernal. ¿Para qué diablos... quieres esos animales en una isla como esa? Y luego, ese criado tuyo... suponiendo que sea un ser humano. Está loco. Y no pinta nada en la popa. ¿O es que crees que este maldito barco te pertenece?

—Sus marineros empezaron a acosar al pobre diablo en cuanto subió a bordo.

—Eso es precisamente lo que es: es un diablo... un diablo horrible. Mis hombres no pueden soportarlo. Y yo tampoco puedo soportarlo. Ninguno de nosotros puede soportarlo. Ni tú tampoco.

Montgomery se apartó.

—Usted, simplemente, deje a ese hombre en paz —dijo, asintiendo con la cabeza mientras hablaba.

Pero el capitán estaba empeñado en discutir. Y levantando la voz, replicó:

—Si vuelve a aparecer por esta parte del barco, le arranco las tripas, te lo advierto. ¡Le arranco las tripas! ¿Quién eres tú para decirme a mí lo que tengo que hacer? Te lo advierto: yo soy el capitán de este barco... capitán y patrón. Yo soy la ley aquí, te lo advierto... la ley y los profetas. El acuerdo fue que yo llevaría a un hombre y a su criado a Arica, y volvería a traerlos con algunos animales. Nunca acordé llevar a un demonio loco y a un estúpido matasanos, un...

Bueno, da igual como llamara a Montgomery. Vi que este daba un paso hacia el capitán y me interpuse.

—Está borracho... —le dije. El capitán empezó a proferir insultos más groseros aún que los anteriores—. Cállese —le dije, volviéndome hacia él con brusquedad, porque había visto el peligro en la cara pálida de Montgomery. Así que la tormenta acabó cayendo sobre mí.

En cualquier caso, me alegré de haber podido evitar lo que estaba a punto de convertirse en una reyerta, aun a costa de granjearme todos los improperios y maldiciones del capitán borracho. Creo que jamás había escuchado un lenguaje tan grosero y tan continuado en boca de ningún ser humano, aunque he frecuentado a veces compañías bastante excéntricas. Algunas de aquellas palabras resultaban difíciles de tolerar, aunque soy un hombre de temperamento sosegado. Pero, claro, cuando le dije al capitán que se callara, había olvidado que yo no era más que un pecio humano, sin recursos, e incapaz de pagar mi pasaje en el navío: un simple náufrago que dependía de la generosidad —o de la fortuna— del barco. Se ocupó de recordármelo con una vehemencia considerable. En cualquier caso, evité una pelea.

CAPÍTULO 4
En la borda de la goleta

Esa noche, después de la puesta de sol, avistamos tierra, y la goleta fondeó. Montgomery comunicó que había llegado a su destino. La isla estaba demasiado lejos para adivinar cualquier detalle; a mí solo me pareció simplemente una mancha alargada de un azul turbio sobre el incierto mar gris azulado. Una columna de humo casi vertical se elevaba desde allí al cielo.

El capitán no estaba en cubierta cuando se avistó tierra. Después de que hubiera descargado su ira sobre mí, se había ido abajo tambaleándose y supongo que se fue a dormir en el suelo de su camarote. Un marinero asumió de hecho el mando. Era el individuo demacrado y taciturno que habíamos visto al timón. Al parecer, él también estaba irritado con Montgomery. No nos prestó la menor atención. Cenamos con él sumidos en un silencio malhumorado, después de algunos infructuosos esfuerzos por mi parte de mantener alguna conversación. Me llamó la atención, también, que los hombres observaban a mi compañero y a sus animales con una inquina singular. Me pareció que Montgomery era muy reticente a informar sobre las intenciones que tenía con aquellas criaturas y sobre su destino, y aunque yo cada vez estaba más intrigado, no lo apremié para que me contara nada.

Nos quedamos hablando en la cubierta de popa hasta que el cielo se llenó de estrellas. Salvo algún ruido ocasional en el puente, iluminado con una luz amarilla, y excepto el movimiento de algún animal aquí o allá, la noche se presentaba muy tranquila. El puma se había acurrucado, observándonos con ojos brillantes, y solo era un bulto oscuro en una esquina de su jaula. Al parecer los perros estaban dormidos. Montgomery sacó unos puros.

Me habló de Londres con un tono de nostalgia agridulce y me hizo todo tipo de preguntas sobre los cambios que habían tenido lugar allí. Hablaba como quien hubiera disfrutado mucho de su vida en Inglaterra y lo hubieran arrebatado repentina e irrevocablemente de la ciudad. Le conté todo tipo de habladurías lo mejor que pude. Poco a poco se fue adueñando de mi imaginación el carácter en extremo peculiar de aquel hombre y, mientras le hablaba, fui observando aquel extraño rostro pálido a la turbia luz del farol que tenía detrás de mí. Luego miré hacia las oscuridades del mar, donde, en la penumbra, se ocultaba su pequeña isla.

Aquel hombre —eso me pareció— había surgido de la inmensidad simplemente para salvarme la vida. A la mañana siguiente saltaría por la borda y volvería a desaparecer de mi vida. Aunque todo aquello hubiera sucedido en circunstancias más comunes, me habría dado mucho que pensar; pero, en primer lugar, me llamaba la atención la insólita circunstancia de que un hombre culto viviera en aquella pequeña isla desconocida, y, al mismo tiempo, el carácter extraordinario de la mercancía que llevaba consigo. Me sorprendí haciéndome la misma pregunta que el capitán: ¿para qué quería todos aquellos animales? ¿Y por qué había dado a entender que no eran suyos cuando le hablé de ellos al principio? Y luego, también, su ayudante tenía un aspecto tan extraño que me había impresionado profundamente. Todas esas circunstancias arrojaban un halo de misterio en torno a aquel hombre. Se apoderaban de mi imaginación y entorpecían mi lengua.

Hacia la medianoche, nuestra conversación sobre Londres fue languideciendo, y allí nos quedamos, uno junto al otro, apoyados en la barandilla de la borda, observando ensimismados el océano silencioso iluminado por las estrellas, cada uno abismado en sus propios pensamientos. Era un momento propicio para las confidencias, y empecé por declararle mi gratitud.

—Si me permite decírselo —murmuré al cabo de un rato—, me ha salvado usted la vida.

—Casualidad —contestó—; simple casualidad.

—Prefiero darle las gracias a la persona que lo hizo.

—No se lo agradezca a nadie. Usted tenía la necesidad y yo, el conocimiento. Le puse una inyección y lo alimenté como habría hecho con cualquiera de mis animales. Estaba aburrido y necesitaba tener algo que hacer. Si hubiera estado irritado ese día o no me hubiera gustado su cara, bueno... vaya a saber dónde estaría usted ahora.

Aquello me desanimó un poco.

—En cualquier caso... —empecé.

—Fue una casualidad, le digo —me cortó—, como todo lo que ocurre en la vida de los hombres. Solo los idiotas son incapaces de verlo. ¿Por qué estoy yo aquí ahora, proscrito del mundo civilizado, en vez de ser un hombre feliz, disfrutando de todos los placeres de Londres? Simplemente porque, hace once años, perdí el juicio durante diez minutos en una noche de niebla.

Se detuvo.

—¿Y...? —dije.

—Eso es todo.

Volvimos a quedarnos en silencio. Y luego empezó a reírse.

—Hay algo en la luz de las estrellas que nos suelta la lengua. Soy un idiota, pero, por alguna razón, me gustaría contárselo.

—Me cuente lo que me cuente, puede confiar en mi palabra que me lo guardaré para mí... si eso le preocupa.

Estaba a punto de empezar a hablar, y entonces negó con la cabeza, como si le asaltaran las dudas.

—No importa —le dije—. Me da igual. Al fin y al cabo, es mejor que se guarde su secreto. No tiene nada que ganar, salvo un leve alivio, aunque yo respetara sus confidencias. Y si no lo hiciera... en fin.

Dejó escapar un gruñido de incomodidad. Fui consciente de que se sentía en desventaja, que lo había sorprendido en un momento de indiscreción; pero, para ser sinceros, yo no tenía el menor interés en saber qué podría haber arrastrado a un joven estudiante de medicina fuera de Londres. Me lo imaginaba. Me encogí de hombros y me di media vuelta. Sobre la barandilla de la borda se inclinaba una figura oscura y silenciosa, que observaba las estrellas. Era el extraño ayudante de Montgomery. Al notar mi movimiento, giró la cabeza rápidamente para mirarme por encima del hombro y luego volvió a apartar la vista.

Puede parecer algo insignificante para los demás, tal vez, pero para mí aquello fue como una bofetada repentina. La única luz que teníamos cerca era el farol del timón. El rostro de aquella criatura giró durante un breve instante en la penumbra de popa y se volvió hacia esta fuente de luz, y en ese momento vi que los ojos que me miraban brillaban con un pálido fulgor verde.

Yo no sabía entonces que no es infrecuente que haya un resplandor rojizo, al menos, en los ojos humanos. Pero aquello me pareció completamente inhumano. Aquella figura negra, con sus ojos incandescentes, fulminó todas mis ideas y creencias de hombre adulto, y por un momento volvieron a mi mente los olvidados terrores infantiles. Luego, esa sensación se fue como había venido. No era más que la desagradable figura siniestra de un hombre, una figura sin ninguna importancia particular, apoyada en la barandilla de la borda y recortada contra la luz de las estrellas; y entonces me di cuenta de que Montgomery me estaba hablando.

—Bueno, creo que voy a bajar —dijo—; ya ha sido suficiente.

Le contesté algo incongruente. Bajamos a los camarotes y me deseó las buenas noches a la puerta del mío.

Aquella noche tuve pesadillas desagradables. La luna menguante salió tarde. Su luz iluminó con un débil y blanquecino rayo fantasmal mi camarote, y dibujó una siniestra figura en la tarima junto a mi litera. Entonces, los perros de caza se despertaron y empezaron a aullar y a ladrar; así que tuve un sueño agitado y apenas dormí hasta que empezó a amanecer.

CAPÍTULO 5
El hombre que no tenía adonde ir

A primera hora de la mañana —era la segunda mañana después de mi recuperación y, creo, la cuarta después de que me rescataran—, me desperté envuelto en un torbellino de sueños tumultuosos, sueños de muchedumbres armadas y violentas, y entonces oí gritos furiosos en cubierta. Me froté los ojos y me quedé quieto escuchando los ruidos, sin saber durante unos momentos dónde me encontraba. Luego oí un repentino golpeteo de unos pies desnudos, el ruido de objetos pesados que se caían, un violento chirriar y crujir de cadenas. Oí el chapoteo del agua cuando el barco viró de repente y una ola espumosa amarilla y verdosa empapó el ojo de buey y dejó chorreando la pequeña ventana redonda. Me puse de inmediato la ropa y subí a cubierta.

Cuando estaba en la escalerilla, vi, recortado en el cielo rosado —porque el sol estaba saliendo en esos momentos—, las anchas espaldas y el pelo rojo del capitán, y, por encima de su hombro, la jaula del puma girando en el aire colgada de un cabrestante. El pobre animal parecía aterrorizado y se había acurrucado en el fondo de su diminuta jaula.

—¡Fuera con ellos! —aulló el capitán—. ¡Fuera con ellos! ¡Que no quede ni un animal en el barco!

Se interponía en mi camino, así que tuve que darle una palmada en el hombro para acceder a cubierta. Se volvió sobresaltado y retrocedió unos pasos para poderme ver bien.

—¡Vaya...! —dijo con estupor, y luego un brillo iluminó su mirada—. Pero si es el señor... el señor...

—Prendick —contesté.

—¡Al diablo Prendick! —exclamó—. Cierraelpico: ese es su nombre. Señor Cierraelpico.

No era buena idea contestar a aquel animal. Pero desde luego no me esperaba su siguiente movimiento. Levantó la mano hacia la pasarela donde Montgomery estaba hablando con un hombre corpulento de pelo blanco, vestido con un sucio traje azul, que al parecer acababa de subir a bordo.

—¡Lárguese por ahí, maldito señor Cierraelpico! ¡Por ahí! —rugió el capitán.

Montgomery y el otro hombre se volvieron al oír al patrón.

—¿Qué quiere decir? —pregunté.

—¡Que se largue por ahí, maldito señor Cierraelpico! ¡Eso es lo que quiero decir! ¡Fuera del barco, señor Cierraelpico! ¡Y rápido! Estamos despejando el barco, estamos limpiando este condenado barco. ¡Fuera de aquí!

Lo miré estupefacto. Entonces se me ocurrió pensar que eso era realmente lo que necesitaba. La idea de no tener que soportar un viaje siendo el único pasajero con aquel estúpido pendenciero no era algo de lo que lamentarse. Miré a Montgomery.

—No puede quedarse aquí —dijo el acompañante de Montgomery de una manera seca y cortante.

—¿No puedo quedarme? —exclamé espantado.

Aquel hombre tenía el rostro más impenetrable y firme que yo hubiera visto en mi vida.

—Escuche... —titubeé, dirigiéndome al capitán.

—¡Largo de aquí! —exclamó el capitán—. Este barco ya no es para bestias ni caníbales, ni para animales peores que bestias. Así que fuera del barco... señor Cierraelpico. Y si no puede quedarse en la isla con ellos, lo tiraré por la borda. ¡Pero usted se larga de mi barco! ¡Con sus amigos! ¡No vuelvo a esta isla por los siglos de los siglos, amén! ¡Se acabó!

—Pero... Montgomery... —supliqué.

Montgomery torció el labio inferior y asintió al hombre de pelo canoso que estaba a su lado, para indicar que no iba a ayudarme.

—Enseguida me ocuparé de usted —me dijo el capitán.

Entonces dio comienzo una curiosa discusión a tres bandas. Yo apelaba a unos y a otros: primero al hombre del pelo canoso, pidiéndole que me dejara desembarcar, y luego al capitán borracho, rogándole que me permitiese quedar a bordo. Incluso supliqué a los marineros. Montgomery no dijo ni una palabra; solo negaba con la cabeza.

—Le digo que tiene que abandonar el barco. —Tal era la cantilena del capitán—. ¡Al infierno con la ley! ¡Aquí mando yo!

Al final, debo confesarlo, se me quebró la voz de repente frente a aquellas violentas amenazas. Tuve entonces un arrebato de orgullo histérico, me dirigí a la proa, y, desesperado, me quedé mirando a la nada.

Entretanto, los marineros avanzaban rápidamente en la tarea de desembarcar los fardos y los animales enjaulados. Una lancha bastante grande con dos velas cuadradas se había arrimado a sotavento de la goleta, y allí se iba depositando la extraña y variopinta carga que llevábamos. No veía quién recibía los paquetes que se iban descargando, porque el casco de la lancha quedaba oculto por el lateral de la goleta.

Ni Montgomery ni su acompañante me prestaron la menor atención, porque estaban ocupados en ayudar y dirigir a los cuatro o cinco marineros que estaban desembarcando la carga. El capitán también andaba por allí, molestando más que ayudando. Mi ánimo oscilaba entre la desesperanza y la desesperación. Un par de veces, mientras esperaba allí a que se solucionaran las cosas por sí solas, no pude resistir el impulso de reírme de aquel ridículo y desgraciado dilema. Me sentí aún más desgraciado por no haber desayunado. El hambre y la falta de vigor sanguíneo le arrebatan al hombre toda su masculina dignidad. Percibí claramente que no tenía las fuerzas suficientes para enfrentarme a lo que el capitán quisiera hacer conmigo con el fin de librarse de mí, ni para empeñarme en que Montgomery y su acompañante me llevaran con ellos. Así que aguardé pasivamente mi destino, y las labores de descargar la carga de Montgomery a la lancha prosiguieron como si yo no existiera.

Al poco rato concluyeron los trabajos y entonces se produjo un forcejeo: me arrastraron, aunque yo me resistía débilmente, hasta la pasarela de desembarco. Fue luego cuando me di cuenta de los extraños rostros negruzcos de los hombres que estaban con Montgomery en la lancha. Pero ya estaba completamente cargada y se apartaron de inmediato. Se abrió un amplio espacio de agua verde a mis pies y retrocedí en la pasarela con todas mis fuerzas para no caer de cabeza.

Los obreros de la lancha gritaron entre risas y oí cómo Montgomery los increpaba con maldiciones. Entonces, el capitán, el timonel y uno de los marineros que le ayudaban me arrastraron hasta popa. Habían atado el bote salvavidas del Lady Vain y lo traíamos remolcando detrás; estaba medio lleno de agua, no tenía remos y carecía por completo de cualquier aparejo. Me negué a subir allí y me tumbé en la cubierta. Al final, consiguieron descenderme al bote atado a una cuerda —porque no tenían escalerilla de popa—, y luego cortaron el cabo y me dejaron a la deriva.

Me fui alejando poco a poco de la goleta. Sumido en una especie de estupor, observé a todos los marineros trabajando con cabos y jarcias, y lenta pero inexorablemente la nave viró hacia el viento. Las velas ondearon y después se hincharon cuando el viento las llenó. Me quedé mirando como un estúpido el costado de la goleta, maltrecho por las intemperies marinas, que se volvía hacia donde yo me encontraba. Y luego pasó a mi lado y la perdí de vista.

No me volví para intentar otearla. Al principio apenas si podía creer lo que me había ocurrido. Me acurruqué en el fondo del bote, aturdido, y con la mirada perdida en el espeso océano vacío. Entonces me percaté de que me encontraba de nuevo en mi pequeño infierno, ahora medio hundido. Mirando hacia atrás, por encima de la borda, vi cómo la goleta se alejaba de mí y distinguí al capitán pelirrojo haciéndome burlas desde la barandilla de la borda; volviendo la vista hacia la isla, comprobé que la lancha se hacía cada vez más pequeña a medida que se aproximaba a la playa.

De repente vi con toda claridad la crueldad de aquella manera de abandonarme. No tenía manera de alcanzar tierra a menos que por casualidad llegara a la isla a la deriva. Aún estaba débil, eso tengo que recordarlo, tras el naufragio y pasar muchos días en aquel bote: estaba hambriento y muy débil, o de lo contrario habría tenido más coraje. Pero mientras pensaba en esto, empecé a llorar y gemir como jamás lo había hecho desde niño. Las lágrimas corrían por mis mejillas. En la furia de la desesperación, golpeé con los puños el agua que se había acumulado en el fondo del bote, y pateé como una bestia salvaje el lateral del casco. Gritando, imploré a Dios que me dejara morir.

CAPÍTULO 6

Unos barqueros siniestros

Pero los isleños, al ver que yo iba realmente a la deriva, tuvieron piedad de mí. Iba girando muy poco a poco hacia el este, aproximándome en diagonal hacia la isla, y al poco vi con un alivio nervioso que la lancha daba media vuelta y volvía hacia mí. Iba muy cargada y, a medida que se acercaba, pude distinguir al compañero de Montgomery, con el pelo blanco y anchas espaldas, sentado junto a los perros y varias cajas de embalaje en la bancada de popa. Aquel individuo me miraba fijamente, sin mover un músculo ni decir una sola palabra. Desde la proa, el engendro de la cara negra me miraba con tanta insistencia como el puma. Además, había otros tres hombres, tres tipos extraños de apariencia animalesca, a quienes los perros ladraban y gruñían con singular ferocidad. Montgomery, que estaba al timón, acercó la lancha hasta donde me encontraba yo; se inclinó, cogió mi cabo de arrastre y lo ató a la caña del timón para remolcarme, porque en la lancha no había sitio para ningún hombre más.

Yo ya me había recuperado de mi desesperación para

entonces, y, cuando se acercaba, respondí a su saludo con bastante ánimo. Le dije que el bote salvavidas estaba a punto de anegarse y me lanzó un caldero de madera. Me caí hacia atrás cuando la cuerda se tensó entre los dos botes. Durante un buen rato estuve ocupado achicando agua.

Hasta que acabé de desaguar el bote —porque lo habían llenado a propósito de agua: la barca estaba perfectamente— no tuve tiempo de mirar a la gente que iba en la lancha.

Comprobé que el hombre del pelo blanco aún me seguía mirando fijamente, pero con una expresión —tal y como ahora la recuerdo— de cierta desconfianza. Cuando mis ojos se encontraron con los suyos, bajó la mirada para atender a uno de los perros que estaba sentado entre sus rodillas. Era un hombre fuerte y robusto, como ya he dicho, con una frente elegante y rasgos bastante marcados; pero sus ojos tenían esa extraña peculiaridad que se da con la edad avanzada, cuando la piel cae por encima de los párpados, y las comisuras de su gran boca, también flácidas, le conferían una expresión de férrea determinación. Hablaba con Montgomery en un tono demasiado bajo para que yo pudiera oírlo. Aparté la mirada de él y me detuve en sus tres sirvientes: formaban una extraña tripulación. Solo vi sus rostros; sin embargo, había algo en aquellas caras —no sé qué— que me provocó una rara náusea de asco. Los miré fijamente y la impresión no menguó, aunque no pude descubrir qué era lo que la producía. En aquel momento me parecieron hombres negros, pero tenían las piernas y los brazos como envueltos o vendados con una tela sucia y blanquecina, incluso los dedos y los pies. Jamás había visto hombres ataviados así, y mujeres, solo en Oriente. También llevaban turbantes, y por debajo me escrutaban con sus rostros de ogros, rostros con mandíbulas prominentes y ojos brillantes. Tenían el pelo negro y lacio, casi como crines, y cuando se sentaban parecía que eran más altos que cualquier raza de hombres que yo hubiera visto. Cualquiera de aquellos tres le sacaba una cabeza al hombre del pelo blanco, al que yo le calculaba una altura de al menos un metro ochenta. Descubrí más adelante que ninguno de ellos era más alto que yo, sino que sus torsos eran anormalmente alargados y que sus muslos eran muy cortos y estaban retorcidos de una manera extraña. En cualquier caso, eran una cuadrilla increíblemente espantosa y, por encima de sus cabezas, bajo la vela delantera, pude atisbar el rostro negruzco del hombre cuyos ojos se iluminaban en la oscuridad.

Mientras los observaba, se dieron cuenta de mi curiosidad y entonces, primero uno y luego otro, se ocultaron evitando que los viera y me escrutaron a escondidas de un modo extraño y avieso. Se me ocurrió pensar que tal vez los estaba incomodando y volví mi atención hacia la isla a la que ya nos aproximábamos.

Era un islote plano y cubierto de una espesa vegetación, principalmente de un tipo de palmeras que yo desconocía. Desde un lugar indeterminado ascendía un hilillo blanco de vapor rosado que se elevaba hasta alcanzar una extraordinaria altura y luego se deshilachaba como una pluma. En ese momento nos encontrábamos a resguardo en medio de una amplia bahía flanqueada a ambos lados por dos promontorios no muy elevados. La playa era de una arena gris oscura, y ascendía en empinada cuesta hasta un cerro de unos dieciocho o veinte metros por encima del nivel del mar, poblado de abundantes árboles y maleza. A medio camino, en la cuesta, había un recinto cuadrado de piedra grisácea que posteriormente supe que estaba construido en parte con coral y en parte con piedra volcánica. En el interior, dos techumbres de paja asomaban por encima del muro del recinto.

Un hombre nos esperaba en la orilla. Creí atisbar, mientras aún estábamos bastante lejos, a otras criaturas de aspecto grotesco entre los arbustos y en la cuesta, pero cuando nos acercamos más ya no vi a ninguna. El hombre de la playa era de un tamaño más normal y un rostro de aspecto negroide. Tenía una boca grande, casi sin labios, unos brazos largos y huesudos, unos pies grandes y delgados, y las piernas arqueadas, y estaba allí plantado, con el rostro serio y afilado, mirándonos fijamente. Iba vestido como Montgomery y su acompañante canoso, con una chaqueta y unos pantalones de basta tela azul.

A medida que nos acercábamos, aquel individuo empezó a correr de un lado para otro por la playa, haciendo todo tipo de aspavientos grotescos. A una orden de Montgomery, los cuatro hombres de la lancha se enderezaron con ademanes extraños y empezaron a arriar las velas. Montgomery nos guio hasta un pequeño muelle excavado en la playa. Entonces, el hombre de la playa se apresuró a acercarse hasta nosotros. Ese muelle, como lo he llamado, era en realidad una simple zanja, lo suficientemente larga para albergar la lancha en esa fase de la marea.

Noté que la quilla de la lancha encallaba en la arena, así que aparté mi bote utilizando el caldero de madera y, liberando el cabo de arrastre, salté a tierra. Los tres hombres embozados también desembarcaron, haciendo movimientos de lo más extravagantes, y se dispusieron a descargar la mercancía, ayudados por el individuo de la playa. Estaba sobre todo extrañado por los curiosos movimientos de las piernas de aquellos marineros embozados y vendados: no estaban rígidos, sino retorcidos de algún modo, como si sus miembros estuvieran ensamblados en el lugar equivocado. Los perros seguían gruñendo y, cuando el hombre de pelo blanco saltó a tierra, tiraron de las cadenas para intentar morder a aquellos hombres.

Aquellos tres grandes individuos se hablaban utilizando unos gruñidos guturales muy raros, y el hombre que nos había estado esperando en la playa empezó a parlotear con ellos muy nervioso y emocionado —supuse que sería un idioma extranjero— mientras echaban mano a unos fardos que venían apilados en la popa. Yo había oído ese tipo de voz en alguna parte, pero no podía recordar dónde. El hombre del pelo blanco permaneció allí plantado, en medio del tumulto de sus seis perros, y dando órdenes por encima de la algarabía de ladridos. Montgomery, tras levantar el timón, también saltó a tierra, y todos se pusieron manos a la obra para descargar la lancha. Yo llevaba mucho tiempo sin comer y el sol me había golpeado inclemente en la cabeza, así que me encontraba demasiado débil para prestarles cualquier ayuda.

Poco después dio la impresión de que el hombre de pelo blanco se acordaba de mi presencia y se acercó a mí.

—Parece como si apenas hubiera comido nada —dijo.

Sus ojos diminutos, bajo unas cejas muy pobladas, eran de un negro brillante.

—Debo disculparme. Ahora es usted nuestro huésped y debemos procurar que se sienta cómodo... aunque nadie lo ha invitado, ya sabe.

Me miró fijamente a los ojos.

—Montgomery dice que es un hombre culto, señor Prendick... Dice que tiene algunos conocimientos científicos. ¿Puedo preguntarle qué significa eso?

Le dije que había estado varios años estudiando en el Royal College of Science de Londres y que había realizado algunas investigaciones en el campo de la biología con Huxley.

Levantó ligeramente las cejas cuando oyó aquello.

—Esto cambia un poco las cosas, señor Prendick —dijo, mostrando algún respeto más en sus modales—. Da la casualidad de que nosotros somos biólogos. Esto es una especie de... estación biológica. —Se quedó mirando a los hombres de blanco que estaban ocupados llevándose al puma, sobre ruedas, al recinto amurallado—. Al menos, Montgomery y yo —añadió. Y luego—: No puedo decirle cuándo va a poder usted salir de aquí. Estamos al margen de todas las rutas navales. Vemos un barco una vez cada doce meses, más o menos.

Se apartó de mí destempladamente, subió por la playa adelantando a los porteadores y, creo, entró en el recinto cerrado. Otros dos hombres estaban con Montgomery, apilando unos paquetes más pequeños en un carrito con ruedas. La llama aún estaba en la lancha, con las jaulas de los conejos; y los perros de caza seguían atados a las bancadas del bote. Cuando se completó la descarga del montón de paquetes, los tres hombres se colocaron detrás y empezaron a empujar el carro con un peso tremendo cuesta arriba, detrás de la jaula del puma. Poco después, Montgomery los dejó solos, volvió conmigo y me tendió la mano.

—Me alegro... —dijo— por la parte que me toca. El capitán era un perfecto idiota. Le habría puesto las cosas bastante difíciles.

—Me ha salvado usted otra vez —le dije.

—Eso depende... Esta isla le va a parecer un lugar infernalmente extraño, se lo aseguro. Si estuviera en su lugar, me andaría con cuidado. Él... —titubeó, y dio la impresión de que se callaba lo que tenía en la punta de la lengua—. ¿Le importa ayudarme con esos conejos? —dijo.

Su actitud con los conejos fue peculiar. Subí con él a la lancha y lo ayudé a descargar una conejera en la orilla. En cuanto la dejamos en el suelo, abrió la portezuela y, volcando un poco la jaula por un extremo, dejó salir a todos los conejos a la arena. Los pobres cayeron amontonándose, unos encima de otros. Montgomery dio unas palmadas y los animalillos —serían quince o veinte, creo— de inmediato salieron corriendo playa arriba, dando saltos, como suelen hacerlo.

—Creced y multiplicaos, amiguitos —dijo Montgomery—. Poblad la isla. Hasta ahora hemos tenido una cierta falta de carne.

Mientras yo observaba cómo huían los conejos, el hombre del pelo blanco volvió con una petaca de brandi y algunas galletas.

—Un pequeño refrigerio, Prendick —dijo, en un tono mucho más amistoso que antes.

No hice ningún comentario, pero di cuenta de las galletas de inmediato, mientras el hombre canoso ayudaba a Montgomery a liberar otra veintena de conejos. Tres grandes conejeras, sin embargo, se trasladaron a la casa con el puma. No toqué el brandi, porque he sido abstemio toda mi vida.

CAPÍTULO 7

La puerta cerrada

El lector tal vez entenderá que, al principio, era todo tan raro para mí y mi situación era el resultado de unas aventuras tan extraordinarias que no podía discernir con claridad hasta qué punto podía ser extraño esto o aquello. Seguí a la llama playa arriba, hasta que me alcanzó Montgomery, que me pidió que no entrara en el recinto de piedra. Me di cuenta entonces de que habían colocado el puma, en su jaula, y el montón de paquetes en el exterior de la entrada del cuadrángulo amurallado.

Me volví y vi que ya habían descargado por completo la lancha, la habían devuelto al agua y luego la habían arrastrado a la arena de la playa; el hombre del pelo canoso venía caminando hacia nosotros. Se dirigió a Montgomery:

—Y ahora tenemos el problema de este huésped que no ha sido invitado. ¿Qué hacemos con él?

—Tiene algunos conocimientos científicos —contestó Montgomery.

—Estoy deseando volver al trabajo... con este nuevo material —dijo el hombre canoso, señalando con la barbilla el recinto cerrado. Se le iluminó la mirada.

—Seguro que sí —dijo Montgomery, en un tono que era todo menos animoso.

—No podemos dejar que ande por ahí ni tampoco podemos perder el tiempo construyéndole una nueva cabaña. Y, desde luego, tampoco podemos confiar en él todavía.

—Estoy en sus manos —dije.

No tenía la menor idea de lo que había querido decir al afirmar que no podía andar «por ahí».

—He estado pensando en eso mismo —contestó Montgomery—. Tenemos mi habitación, con puerta exterior...

—Muy bien —dijo el otro hombre enseguida, mirándolo, y los tres nos dirigimos hacia el recinto cerrado—. Siento ser tan misterioso, señor Prendick... pero recuerde que no ha sido invitado. Nuestra pequeña institución guarda un secreto... o algo así: es una especie de cámara de Barba Azul, en realidad. Nada muy terrible, la verdad, para un hombre razonable y sensato. Pero todavía... como no le conocemos...

—Desde luego —dije—, sería un idiota si me ofendiera por la falta de confianza.

Torció los labios en una especie de leve sonrisa: era una de esas personas saturninas y sombrías que sonríen solo con la comisura de los labios hacia abajo, y con una leve reverencia aceptó mi consideración. Dejamos atrás la entrada principal del recinto amurallado; era una gran puerta de madera, enmarcada en hierro y cerrada a cal y canto; todo el cargamento de la lancha seguía apilado fuera. Nos acercamos a una esquina, donde había un pequeño portillo que yo no había visto antes. El hombre canoso sacó un manojo de llaves del bolsillo de su mugrienta chaqueta azul, abrió esa puerta y entramos.

Yo lo seguí y, de repente, me encontré en una pequeña estancia, sencilla pero amueblada de una manera no del todo incómoda; tenía una puerta interior, que estaba ligeramente entreabierta, que daba a un patio pavimentado. Montgomery se adelantó y la cerró de inmediato. Había una hamaca colgada en el rincón más oscuro de la estancia y una ventana sin cristal, solo protegida con una barra de hierro, que daba al mar.

El hombre del pelo canoso me dijo que aquella iba a ser mi residencia y que la puerta interior —que iba a cerrar por fuera, me advirtió, «para evitar accidentes»— iba a ser el límite de mis movimientos en el recinto. Llamó mi atención sobre una cómoda tumbona que había junto a la ventana y sobre una serie de libros viejos que eran principalmente, como descubrí más adelante, obras de medicina y ediciones de los clásicos latinos y griegos, cuyas lenguas yo no puedo leer con soltura, que ocupaban una estantería junto a la hamaca. El hombre del pelo blanco salió por la puerta exterior, como si temiera abrir de nuevo la interior.

—Habitualmente comemos aquí —dijo Montgomery, y luego, como si no supiera qué hacer, salió detrás del otro.

«¡Moreau...!», oí que lo llamaba, pero creo que en aquel momento ni presté atención a ese detalle. Luego, mientras hojeaba los libros de la estantería, aquello acudió a mi recuerdo: ¿dónde había oído yo el nombre de «Moreau» anteriormente?

Me senté junto a la ventana, saqué las galletas que aún me quedaban y las comí con excelente apetito. ¿Moreau?

Por la ventana vi a uno de aquellos indescriptibles hombres vendados de blanco, arrastrando un cajón de embalaje por la playa. Poco después, aquel individuo salió del escenario que yo podía observar desde la ventana y lo perdí de vista. Entonces oí cómo una llave se metía en la cerradura de la puerta interior y giraba. Solo un poco después, a través de la puerta cerrada, escuché el alboroto de los perros de caza, a los que ya habían traído desde la playa. Ya no ladraban, sino que olisqueaban y gruñían de un modo muy raro. Se oían sus pisadas inquietas y la voz de Montgomery calmándolos.

Me llamaba muchísimo la atención el retorcido secretismo de aquellos dos hombres a propósito de lo que albergaban en aquel lugar, y durante algún tiempo estuve pensando en ello, y en lo inexplicablemente familiar que me resultaba el nombre de Moreau. Pero así de rara es la memoria humana: no fui capaz de establecer una relación precisa con aquel nombre tan famoso. De ese asunto, mis pensamientos se trasladaron a la indefinible extravagancia del hombre deforme y vendado que nos había aguardado en la playa. Jamás había visto semejante manera de andar, semejantes movimientos, tan extraños, mientras arrastraba una caja. Recordé que ninguno de aquellos hombres me había dirigido la palabra, aunque a la mayoría de ellos los había sorprendido mirándome en algún momento, de un modo extrañamente furtivo, por completo distinto a la mirada franca de un ingenuo salvaje. Me pregunté qué tipo de idioma hablarían. Todos ellos me habían parecido curiosamente taciturnos y, cuando hablaron, me dio la impresión de que tenían voces rarísimas. ¿Qué demonios les pasaría? Entonces me acordé de los ojos del ayudante deforme de Montgomery.

Y justo cuando estaba pensando en él, entró en la estancia. Ahora iba vestido de blanco, y traía una pequeña bandeja con café y algunas verduras hervidas. Apenas pude reprimir un temeroso escalofrío cuando entró, haciendo amables reverencias, y dejó la bandeja delante de mí, en la mesa.

Entonces, el asombro me dejó paralizado. ¡Por debajo de las guedejas negras y fibrosas de su pelo le vi la oreja! ¡Me sorprendió, allí, delante de mí! ¡Aquel hombre tenía las orejas puntiagudas, cubiertas de un fino pelaje marrón!

—Su desayuno, señor —dijo.

Lo miré a la cara sin atreverme a contestarle. Él se dio media vuelta y se dirigió a la puerta, acechándome avieso por encima del hombro.

Lo seguí con la mirada y, mientras lo hacía, por alguna rara jugarreta del cerebro inconsciente, surgió en mi cabeza la frase... ¿cómo era? ¿«Los... temores del doctor Moreau»? No... ¿«Los... del doctor Moreau»? ¡Ah! Mis recuerdos retrocedieron diez años atrás: «Los horrores del doctor Moreau». La frase revoloteó en mi pensamiento durante unos instantes y luego la vi claramente, en letras rojas, en un pequeño panfleto amarillento, cuya lectura conseguía que uno se estremeciera y sintiera escalofríos. Entonces lo recordé todo con claridad. Aquel panfleto, olvidado mucho tiempo atrás, regresó con una sorprendente nitidez a mi pensamiento. En aquella época, yo no era más que un muchacho y Moreau tendría, supongo, unos cincuenta años. Era un eminente fisiólogo y un doctor magistral, bien conocido en los círculos científicos por su extraordinaria imaginación y su descarnada sinceridad en las conversaciones. ¿Sería este aquel mismo Moreau? Había publicado algunos asombrosos artículos relativos a la transfusión de la sangre, y, además, era conocido por sus valiosos trabajos sobre los tumores malignos. Y luego, de repente, su carrera se interrumpió. Se fue de Inglaterra. Un periodista se las arregló para acceder a su laboratorio en calidad de ayudante, con la deliberada intención de conseguir exclusivas sensacionalistas; y gracias a un sorprendente accidente —si es que fue un accidente—, su truculento panfleto se hizo famoso. El día de su publicación, un pobre perro, despellejado y mutilado, escapó de la casa de Moreau.

Aquello ocurrió en verano, cuando los periódicos solo publican tonterías, y un famoso editor, primo del supuesto ayudante de laboratorio, apeló a la conciencia moral del país. No era la primera vez que la conciencia moral se había revuelto contra los métodos de la investigación científica. El doctor, simplemente, fue expulsado del país a gritos. Y puede que lo mereciera, pero sigo pensando que el tibio apoyo de sus compañeros investigadores y el abandono que sufrió por parte de la comunidad científica fueron una vergüenza. Con todo, algunos de sus experimentos, según el relato del periodista, eran de una crueldad gratuita. Tal vez podría haber comprado su paz social abandonando las investigaciones que estaba llevando a cabo, pero al parecer prefirió seguir con su labor, como le ocurre a la mayoría de los hombres que han caído en el irresistible hechizo de la investigación. El doctor no estaba casado y, desde luego, no tenía otra cosa en la que pensar más que en sus propios intereses...

Tuve el convencimiento de que debía ser el mismo hombre. Todos los indicios apuntaban a ello. Me di cuenta entonces del destino que les esperaba al puma y al resto de los animales que ya habían metido en el recinto cerrado, junto a mi estancia; y, de repente, noté un olor leve y peculiar, el efluvio de una sustancia conocida, un olor que había estado latente en lo más recóndito de mi conciencia hasta ese momento, y de pronto ocupó todos mis sentidos. Era el olor a antiséptico quirúrgico. Oí el rugido del puma a través de los muros y un perro gimió como si lo hubieran golpeado.

Sin embargo, con seguridad, y sobre todo para cualquier otro científico, la vivisección no era una cosa tan horrible como para justificar que tuviera que mantenerse en secreto... y por algún extraño salto de mi imaginación, las orejas puntiagudas y los ojos fosforescentes del ayudante de Montgomery volvieron a mi pensamiento de la manera más nítida. Me quedé mirando el mar verde, que levantaba espumas bajo la vivificante brisa, y dejé que aquellos y otros extraños recuerdos de los últimos días se enredaran en mi pensamiento.

¿Qué podía significar todo aquello? Un recinto amurallado y cerrado en una isla solitaria, un famoso cirujano, y aquellos hombres deformes y contrahechos...

CAPÍTULO 8

Los desgarradores rugidos del puma

Alrededor de la una, Montgomery irrumpió en mi laberinto de desconcierto y sospechas; su grotesco ayudante lo seguía con una bandeja con pan, algunas verduras y otros comestibles, una petaca con whisky, una jarra de agua, y tres vasos y cuchillos. Miré con recelo a aquella extraña criatura y lo sorprendí observándome con sus ojos inescrutables y nerviosos. Montgomery dijo que iba a comer conmigo: que Moreau estaba demasiado ocupado con algunos trabajos que tenía por delante.

—¡Moreau! —dije—. Conozco ese nombre.

—¡No me diga! —exclamó—. Qué idiota he sido al mencionárselo. Debería haberlo pensado. En fin, eso le dará una pista de nuestros... misterios. ¿Quiere whisky?

—No, gracias... soy abstemio.

—Ojalá lo fuera yo. Pero no tiene ningún sentido cerrar la puerta del establo cuando ya nos han robado el caballo. Fue este maldito mejunje lo que me trajo aquí. Eso, y una noche de niebla. En aquel momento pensé que había tenido mucha suerte, cuando Moreau me ofreció salir de allí. Es curioso...

—Montgomery —le dije de repente, mientras cerraba la puerta exterior—. ¿Por qué su criado tiene las orejas puntiagudas?

—¡Maldita sea! —exclamó mientras engullía el primer bocado de la comida. Me miró atentamente durante un instante y luego repitió—: ¿Orejas puntiagudas?

—Un poco puntiagudas, sí —le dije, con toda la tranquilidad que pude, y conteniendo el aliento—, y con un pelo fino y negro por los bordes.

Se sirvió whisky y agua con la mayor tranquilidad.

—Juraría que el pelo de la cabeza... le cubría las orejas...

—Se las vi cuando se puso delante de mí, enfrente de la mesa, para servirme el café que me envió usted. Y sus ojos brillan en la oscuridad.

Para entonces Montgomery ya se había recuperado de la sorpresa de mi pregunta.

—Lo sabía —dijo con tranquilidad, y acusó levemente su ceceo—, sabía que había algo raro en sus orejas... Por el modo como se las cubría con el pelo... ¿Cómo eran?

Por su actitud no tardé en convencerme de que aquel desconocimiento era completamente fingido. Sin embargo, me resultaba difícil poder decirle a aquel hombre que lo consideraba un mentiroso.

—Puntiagudas —le dije—, bastante pequeñas y peludas... bastante peludas. Pero, en fin, todo él compone uno de los seres más extraños que he visto en mi vida.

Desde el patio cerrado que teníamos a nuestras espaldas llegó un alarido de dolor, agudo y agónico. La intensidad y el volumen revelaban que procedía del puma. Vi que Montgomery esbozaba una mueca de desagrado.

—¿Y? —dijo.

—¿Dónde se hizo con ese hombre?

—Eee... en San Francisco... Es una bestia asquerosa, lo admito. Medio bobo, ya sabe. Ahora mismo no recuerdo de dónde es. Pero me he acostumbrado a él, ya sabe. Nos hemos acostumbrado el uno al otro. ¿Por qué le llama la atención?

—Es antinatural —dije—. Hay algo en él... no me tome por loco, pero me produce una leve sensación de asco y mis músculos se tensan cuando está cerca. Me parece que tiene un algo... diabólico, en realidad.

Montgomery dejó de comer mientras yo le decía aquello.

—¡Vaya, qué raro! —dijo—. Yo no he notado nada. —Siguió comiendo—. No tenía ni idea —añadió mientras masticaba—. La tripulación de la goleta... debió de tener la misma impresión... Se ensañaron con el pobre diablo... ¿Vio usted cómo lo trataba el capitán?

De repente, el puma volvió a aullar, esta vez más dolorosamente. Montgomery masculló una maldición. Estaba pensando en preguntarle por los hombres de la playa, y entonces el pobre animal emitió unos chillidos agudos y breves.

—Esos hombres de la playa —dije—, ¿de qué raza son?

—Unos muchachos estupendos, ¿verdad? —dijo distraídamente, frunciendo el ceño cuando el animal lanzaba unos chillidos agónicos.

Yo no dije nada más. Hubo otro chillido aún peor que el anterior. Montgomery me miró con sus turbios ojos grises y luego bebió más whisky. Intentó arrastrarme a una conversación sobre el alcohol, asegurándome que gracias a él me había salvado la vida. Parecía empeñado en recalcar el hecho cierto de que yo le debía la vida. Le contesté algo distraídamente. Al cabo terminamos de comer, el monstruo deforme de orejas puntiagudas limpió la mesa y Montgomery volvió a dejarme solo en la estancia una vez más. Durante toda la comida apenas pudo disimular el enfado y el malestar que le producían los alaridos del puma sacrificado. Dijo algo sobre su lamentable falta de valor y dejó que yo sacara mis conclusiones.

Los desgarradores rugidos del animal me resultaban especialmente desagradables, y cada vez eran más agónicos e intensos, a medida que avanzaba la tarde. Resultaron muy dolorosos al principio, pero su insistencia, una y otra vez, acabó por trastornarme por completo. Arrojé a un lado una mala traducción de Horacio que había estado leyendo y empecé a ir de un lado a otro de la estancia, con los puños apretados y mordiéndome los labios.

Al final tuve que taparme los oídos con las manos.

Aquellos alaridos me estaban afectando cada vez más, hasta que se convirtieron en una expresión tan intensa del sufrimiento que no pude soportar la idea de seguir allí encerrado. Salí al soporífero calor de la tarde, pasé junto a la entrada principal —cerrada de nuevo, por lo que pude ver— y doblé la esquina del muro.

Los alaridos del animal se oían incluso más fuerte en

el exterior. Era como si todo el dolor del mundo hubiera encontrado una voz. Sin embargo, si hubiera sabido que aquel sufrimiento se producía en la puerta de al lado, pero sin hacer ningún ruido, creo que podría haberlo soportado perfectamente —eso he pensado desde entonces—. La lástima nos perturba y acaba molestándonos cuando el sufrimiento se hace real y nos conmociona. A pesar del sol radiante y de las verdes palmeras que se mecían con la suave brisa marina, el mundo parecía alterado, difuminado con fantasmas rojos y negros que deambulaban sin rumbo, hasta que me encontré lo suficientemente lejos para no oír los alaridos de aquel recinto amurallado.

CAPÍTULO 9
Hay algo en el bosque

Avancé a grandes zancadas entre la maleza que cubría la colina, por detrás del edificio, sin apenas prestar atención hacia dónde me dirigía; pasé bajo la sombra de la densa arboleda con troncos muy rectos que había más allá y, un poco después, me encontré al otro lado del cerro y descendiendo hacia un arroyo que corría por un valle bastante cerrado. Me detuve y escuché atentamente. La distancia que había recorrido, o la abundante vegetación del lugar, amortiguaban cualquier ruido que pudiera venir del recinto amurallado. El aire estaba en calma. Entonces, con un leve susurro de hojas, salió un conejo y subió correteando la ladera por delante de mí. No sabía qué hacer y me senté a la sombra.

Era un sitio agradable. El arroyuelo discurría escondido entre la lujuriante vegetación de las orillas, salvo en un punto concreto, donde distinguí un remanso triangular de agua que centelleaba al sol. Al otro lado del valle, a través de una bruma azulada, vi una maraña de árboles y enredaderas, y, por encima, el luminoso azul del cielo. Aquí y allá, una mota blanca o carmesí señalaba el florecimiento de alguna planta epifita trepadora. Dejé que mis ojos vagaran por aquel escenario durante un rato y luego volvieron a mi mente las extrañas peculiaridades del criado de Montgomery. Pero hacía demasiado calor como para pensar con claridad y al final caí en un apacible estado de sosiego, a medio camino entre el sopor y la vigilia.

No sé cuánto tiempo después, me desperecé por culpa de un crujido que oí en la vegetación que había al otro lado del arroyo. Durante unos instantes no atisbé nada, aparte de las ramas superiores de los helechos y los juncos que ondulaban levemente. Entonces, de repente, en la orilla del riachuelo surgió algo... al principio no pude distinguir qué era. Inclinó la cabeza hacia el agua y empezó a beber. Luego vi que era un hombre, ¡que caminaba a cuatro patas como un animal!

Iba vestido con unos ropajes azules y tenía la piel de color cobrizo, con el pelaje negro. Al parecer aquella grotesca monstruosidad era un rasgo habitual de los isleños. Oí claramente cómo sorbía el agua con los labios al beber.

Me adelanté un poco para verlo mejor y, al apoyarme, un trozo de piedra volcánica cayó rodando ladera abajo. Aquella criatura miró hacia arriba asustada y sus ojos se encontraron con los míos. De inmediato se puso en pie y se secó la boca con aquella mano torpe mientras me observaba. Las piernas tenían apenas la mitad de longitud que su torso. Y así, mirándonos a la cara el uno al otro, estuvimos tal vez durante un minuto. Luego, parándose a mirar un par de veces a su espalda, se escabulló entre los arbustos que había a mi derecha y oí el susurro de las plantas, que se iba haciendo cada vez más inaudible en la distancia hasta que cesó por completo. Mientras huía, me lanzaba miradas penetrantes de vez en cuando. Cuando desapareció de mi vista, me quedé mucho rato sentado y mirando inmóvil el lugar por donde había escapado. Mi soñoliento sosiego también se había esfumado.

Me sobresaltó un ruido a mi espalda y, tras volverme rápidamente, vi el rabo de un conejo agitándose y desapareciendo en la cuesta. Me puse en pie de un salto.

La aparición de aquella criatura grotesca y medio animal había llenado de bestias la quietud de mi tarde. Miré a mi alrededor bastante nervioso y lamenté ir desarmado. Entonces pensé que el hombre que acababa de ver llevaba ropa azul y no iba desnudo, como suelen ir los salvajes, e intenté convencerme de que, al fin y al cabo, probablemente era un ser pacífico, aunque la turbia ferocidad de su rostro lo desmintiera.

Sin embargo, yo estaba conmocionado por aquella aparición. Caminé hacia la izquierda, por la loma, volviéndome a mirar de vez en cuando y escrutando a un lado y a otro entre los troncos de los árboles. ¿Por qué iba un hombre a andar a cuatro patas y a beber con la boca en un arroyo? Poco después oí a un animal gimiendo otra vez e imaginé que sería el puma; me di la vuelta y caminé en dirección completamente opuesta al lugar de donde provenían aquellos gritos. Aquello me volvió a llevar al arroyo: lo crucé y me abrí paso entre la maleza que había al otro lado.

Me sorprendió una gran extensión de tierra con un

vivo color rojo y, al acercarme, descubrí que era un tipo peculiar de hongo ramificado y estriado, como un liquen foliáceo, pero que se deshacía en polvo con un simple roce. Luego, a la sombra de algunos frondosos helechos me topé con una cosa desagradable: un conejo muerto, cubierto de moscas brillantes, pero aún caliente, y con la cabeza arrancada. Me detuve, horrorizado, al ver la sangre derramada. ¡Al menos había un visitante de la isla al que habían asesinado!

No había más restos de violencia alrededor. Parecía como si lo hubieran sorprendido y, simplemente, lo hubieran matado. Mientras observaba el cuerpecillo peludo del conejo se me planteó la duda de cómo lo habrían hecho. El vago temor que había ocupado mi imaginación desde que vi el rostro bestial del hombre en el arroyo empezó a aumentar mientras estaba allí. Empecé a darme cuenta de la osadía de mi excursión en aquella isla de gente extraña. Los arbustos que tenía a mi alrededor alteraban mi imaginación. Cada sombra se convertía en algo más que una sombra, era un ser acechando, y cada ruido y cada crujido se convertían en una amenaza. Me parecía que había ojos invisibles observándome.

Decidí volver enseguida al recinto amurallado de la playa. Así que empecé a correr desesperada, incluso frenéticamente, por entre los arbustos, angustiado por llegar cuanto antes a un claro donde no tuviera maleza alrededor.

Me detuve justo a tiempo para evitar salir imprudentemente a un espacio abierto. Era una especie de claro en el bosque, provocado por la caída de un árbol; los brotes de nuevas plantas ya estaban empezando a luchar por el espacio vacante y, más allá, la densidad de helechos, enredaderas, macizos de setas y flores volvían a cerrar otra vez el paso. Delante de mí, agazapados junto a los restos musgosos de un gran árbol caído, e inconscientes de mi presencia, había tres grotescas figuras humanas. Una era evidentemente una mujer. Los otros dos eran hombres. Iban desnudos, salvo por unos harapos de tela roja en la cintura, y tenían la piel de un color rosado oscuro y mugriento, cosa que jamás había visto en hombres salvajes antes. Tenían unos rostros gordos, anchos, sin barbilla, con la frente retraída y un vello escaso y erizado en la cabeza. Jamás había visto antes semejantes criaturas con ese aspecto bestial.

Estaban hablando, o al menos uno de los hombres estaba hablando a los otros dos, y los tres estaban demasiado interesados en sus asuntos como para haber oído el ruido que yo había hecho al aproximarme. Meneaban la cabeza y los hombros de un lado a otro. Las palabras del que hablaba eran turbias y torpes y, aunque yo podía oírlas claramente, no pude distinguir lo que decía. Me pareció que recitaba alguna letanía enrevesada. Al poco, su palabrería se hizo más estridente y, alargando las manos, se puso en pie.

Entonces los otros empezaron a farfullar incoherencias al unísono y también se pusieron de pie, extendiendo sus manos al tiempo que balanceaban el cuerpo al ritmo de su canto. Me di cuenta en ese momento de la anormal cortedad de sus piernas y de la deformación de sus pies escuálidos y torpes. Los tres empezaron a dar vueltas, levantando los pies, golpeando el suelo y agitando los brazos en el aire; una especie de melodía se mezcló con su recitado rítmico y pareció como que cantaban un estribillo: «Alula» o «Balula». Sus ojos empezaron a brillar y sus espantosas caras se iluminaron con una expresión de extraño placer. Se les caía la baba de aquellas bocas sin labios.

De repente, mientras observaba aquellos gestos grotescos e indescifrables, percibí por primera vez qué era lo que me provocaba aquel asco, qué era lo que me había producido una impresión incoherente y contradictoria al tener delante a unos seres que eran indeciblemente deformes y, sin embargo, extrañamente familiares. Las tres criaturas que estaban sumidas en su misterioso rito eran humanas en su apariencia y, no obstante, eran seres humanos con un extrañísimo aire de animales conocidos. Cada una de aquellas criaturas, a pesar de su forma humana, sus andrajos y la torpe humanidad de su forma corporal, estaba impregnada, en sus movimientos, en la expresión de su rostro, en toda su persona, de algo que recordaba irremisiblemente a un cerdo, de un carácter porcino, de la inconfundible marca de la bestia.

Me sentí abrumado por aquella asombrosa revelación y entonces acudieron a mi pensamiento las preguntas más inquietantes. Ellos empezaron a dar saltos en el aire, primero uno y luego otro, gritando y gruñendo. Uno de ellos resbaló y durante un momento se quedó a cuatro patas, aunque se incorporó enseguida. Pero la visión transitoria de la verdadera animalidad de aquellos tres monstruos fue suficiente.

Me di media vuelta lo más silenciosamente posible y, paralizado de vez en cuando por el temor a ser descubierto, cuando una rama se rompía o cuando rozaba una hoja, volví a ocultarme entre los arbustos. Transcurrió mucho tiempo antes de recobrar el valor y atreverme a moverme con libertad.

Mi única idea en esos momentos era alejarme cuanto antes de aquellos horribles seres y apenas si me di cuenta de que había llegado a un minúsculo sendero que serpenteaba por en medio del bosque. Entonces, al cruzar un pequeño claro, vi con desagradable sorpresa dos piernas deformes entre los árboles, caminando silenciosamente y en paralelo a mí, y quizá a unos treinta metros de distancia. La cabeza y la parte superior de su torso quedaban ocultas por la maraña de lianas y enredaderas. Me detuve en seco, confiando en que aquella criatura no me viera. Aquellos pies se pararon al mismo tiempo que yo. Estaba tan nervioso que solo con indecible dificultad pude controlar el impulso de huir alocadamente.

Entonces, mirando con detenimiento, distinguí, a través de la celosía de ramas, la cabeza y el cuerpo de la bestia que había visto bebiendo del arroyo. Giró la cabeza. Había un fulgor esmeralda en sus ojos cuando me miró desde la sombra de la enramada, un color medio luminoso que se desvaneció al volver la cabeza de nuevo. Se quedó inmóvil durante un instante y luego, con pasos silenciosos, empezó a correr a través del caos vegetal. Un segundo después había desaparecido tras unos arbustos. Yo no podía verlo, pero sentía que se había detenido y que me estaba observando otra vez.

¿Qué demonios era? ¿Un hombre o un animal? ¿Qué quería de mí? Yo no tenía armas, ni siquiera un palo. Huir sería una locura. En cualquier caso, aquella «cosa», lo que fuese, no tenía el valor de atacarme. Apreté los dientes y avancé directamente hacia él. Estaba nervioso porque no quería que notara el terror que me estaba helando la sangre. Me abrí paso a través de una maraña de arbustos muy altos con flores blancas y lo vi veinte metros más allá, mirándome por encima del hombro y con movimientos esquivos. Avancé un par de pasos y lo miré fijamente a los ojos.

—¿Quién eres? —grité.

Él intentó encontrar mi mirada.

—¡No! —dijo de repente, y, tras dar media vuelta, se alejó saltando entre la maleza. Luego se giró y volvió a mirarme. Su mirada brillaba en la penumbra del bosque.

Se me salía el corazón por la boca, pero pensé que mi única posibilidad era arriesgarme y caminé con firmeza hacia él. Aquel ser se dio otra vez media vuelta y desapareció entre las sombras. Una vez más creí ver el destello de sus ojos, pero eso fue todo.

Por vez primera me di cuenta de cómo podía afectarme la escasez de luz cuando se hizo tarde. El sol se había puesto hacía unos minutos, el inminente crepúsculo de los trópicos ya se estaba desvaneciendo en el cielo oriental y una polilla aventurera revoloteó silenciosamente alrededor de mi cabeza. A menos que quisiera pasar la noche entre los desconocidos peligros de aquel misterioso bosque, debía apresurarme y volver al recinto cerrado.

La idea de regresar a aquel refugio, donde todo era dolor y sufrimiento, me resultaba extremadamente desagradable, pero aún lo era más el mero pensamiento de que me sorprendieran en la selva la oscuridad y todo lo que las penumbras podían ocultar. Lancé una mirada más a las sombras azules que habían engullido a aquella extraña criatura y luego volví sobre mis pasos, por la cuesta y hacia el riachuelo, yendo hacia lo que yo creía que era la dirección por la que me había internado en la isla.

Caminé angustiado, desconcertado por todas aquellas cosas, y al cabo me encontré en un claro rodeado de algunos árboles dispersos. La luz turbia que sucede al rubor del atardecer se estaba apagando. El cielo azul se fue haciendo poco a poco más oscuro, y las diminutas estrellas, una a una, fueron punteando la tenue luz del anochecer; los intersticios entre los árboles, los huecos entre la vegetación del horizonte, que habían sido de un azul brumoso con la luz del día, se volvieron negros y amenazadores.

Seguí adelante. Los colores desaparecieron del mundo, las copas de los árboles se recortaban contra el luminoso azul del cielo en siluetas negras, y todo, por debajo de esos contornos, se fundió en una oscuridad en la que nada se distinguía. Poco a poco los árboles fueron escaseando y los matorrales y la maleza se hicieron más abundantes. Luego llegué a un lugar desolado de arena blanca y, más adelante, a otra extensión de arbustos enmarañados. No recordaba haber cruzado ese claro arenoso antes.

Estaba angustiado por un leve susurro de hojas que oía a mi derecha. Al principio pensé que era producto de mi imaginación, porque cada vez que me detenía, no había más que silencio, salvo por el ruido de la brisa nocturna que mecía las copas de los árboles. Luego, cuando emprendía la marcha de nuevo, era como un eco de mis propias pisadas.

Me aparté de los matorrales, manteniéndome en espacios más abiertos; de vez en cuando me giraba de repente e intentaba sorprender a aquello que me estaba siguiendo —si es que era verdad que algo me seguía—. No vi nada y, sin embargo, la sensación de que había una presencia cerca era cada vez más intensa. Aceleré el paso y al cabo llegué a un pequeño risco, lo dejé atrás y me di la vuelta de repente, observándolo fijamente desde el otro lado: la cima se recortaba negra y claramente perfilada contra el cielo estrellado.

Casi de inmediato, un bulto informe se asomó durante un instante por encima del risco y enseguida se escondió. Ahora estaba seguro de que mi enemigo de rostro felino me estaba acechando de nuevo. Y, al mismo tiempo, tuve otra desagradable convicción: me había perdido.

Durante un tiempo seguí avanzando desesperadamente, desconcertado, perseguido por aquello que se acercaba sigiloso a mis espaldas. Fuera lo que fuese, aquella cosa también carecía del valor para atacarme, o puede que solo estuviera esperando a cazarme en el momento propicio.

Me mantuve, precavido, en terreno abierto. A veces me daba la vuelta y escuchaba, y poco a poco llegué al convencimiento de que mi perseguidor había abandonado la caza, o que tal vez solo era una mera invención de mi imaginación trastornada. Entonces oí el ruido del mar. Apuré el paso casi hasta correr y de inmediato oí un golpe a mis espaldas.

Me di la vuelta enseguida y escudriñé los indefinidos árboles que había detrás. Una sombra negra pareció saltar sobre otra. Escuché con atención y paralizado, pero no pude oír más que los latidos del corazón en mis oídos. Pensé que tenía los nervios desquiciados y que mi imaginación me estaba engañando, y me giré decididamente hacia el rumor de las olas del mar.

En un minuto o así, los árboles empezaron a escasear aún más y salí a un farallón pelado que se adentraba en el mar sombrío. La noche era clara y estaba en calma, y el reflejo de las infinitas estrellas, cada vez más, centelleaba en el sereno oleaje del mar. A lo lejos, las espumas de las olas golpeando una zona escarpada de arrecifes brillaban con un pálido fulgor. Hacia el oeste vi cómo la luz zodiacal se mezclaba con el brillo amarillento de la estrella vespertina. La costa se alejaba hacia el este y, por el oeste, quedaba oculta por el promontorio del cabo. Entonces caí en la cuenta de que la playa de Moreau estaba hacia el oeste.

Oí cómo una rama se rompía a mis espaldas y luego hubo un crujido. Me volví y me quedé mirando aquellos árboles oscuros. No pude ver nada... o veía demasiadas cosas. Cada forma sombría en la penumbra tenía algo de amenazador, un aviso peculiar de la necesidad de mantenerme alerta. Así me quedé, inmóvil, durante quizá un minuto; y luego, aún con un ojo en los árboles, me dirigí hacia el oeste para sortear el farallón. Mientras avanzaba, algo se movió entre las sombras que me acechaban y pretendió seguirme.

Mi corazón latía desbocado. Al final apareció la amplia extensión de una bahía, hacia poniente, y me detuve de nuevo. La sombra silenciosa se paró a diez metros de mí. Un diminuto punto de luz brillaba en el extremo más alejado del arco de arena y la planicie gris de la playa se difuminaba bajo la luz de las estrellas. Aquel puntito de luz tal vez se encontraba a unos tres kilómetros. Si quería alcanzar la playa, tendría que cruzar un grupo de árboles donde las sombras me acechaban y bajar por una cuesta llena de maleza.

En ese momento pude distinguir aquello con más claridad. No era un animal, porque avanzaba erecto. Al verlo, abrí la boca para hablar y descubrí que la sequedad de la garganta me quebraba la voz. Lo intenté otra vez y grité:

—¿Quién anda ahí?

No hubo respuesta. Avancé un paso. Aquella cosa no se movió; solo se agazapó. Tropecé con una piedra.

Eso me dio una idea. Sin apartar la vista de la silueta negra que tenía delante de mí, me agaché y cogí aquel pedazo de roca. Pero, con mi movimiento, aquello se dio media vuelta rápidamente, igual que podría haberlo hecho un perro, y se escabulló hacia un lado, sumergiéndose en la oscuridad más profunda. Entonces recordé algo que hacíamos en la escuela contra los perros grandes: envolví la piedra en mi pañuelo y me lo anudé en la muñeca. Oí un movimiento entre las sombras, como si aquello que me perseguía hubiera decidido retirarse. En ese momento, de repente, mi tensión nerviosa se derrumbó; empecé a sudar profusamente y caí temblando al suelo, con mi enemigo huyendo y yo con mi arma en la mano.

Tuvo que transcurrir algún tiempo hasta que reuní la fuerza y el valor suficientes para bajar entre los árboles y los arbustos por un lado del farallón, hasta la playa. Al final decidí correr y, cuando salí de la vegetación a la arena, oí que algo venía haciendo ruido detrás de mí.

En ese momento creí que me moría de miedo y empecé a correr desesperadamente por la arena. De inmediato creí oír el ruido de unas patas que me perseguían. Lancé un grito espantoso y corrí todo lo que pude. Unas cosas negras y silenciosas, de un tamaño tres o cuatro veces el de los conejos, se espantaban en la playa y salían corriendo o saltando a mi paso y se escondían entre los arbustos. Recordaré el terror de aquella persecución durante el tiempo que me quede de vida. Corría junto a la orilla y de vez en cuando oía las salpicaduras de los pies que me iban ganando terreno. A lo lejos, irremediablemente lejos, estaba la luz amarilla. A nuestro alrededor, todo era una noche negra y silenciosa. Los chapoteos, oí que los chapoteos de aquellos pies se acercaban cada vez más. Sentí que me faltaba el aliento, porque no me encontraba en muy buena forma; jadeaba al respirar y notaba un dolor en el costado, como si me clavaran un cuchillo. Entendí que aquella cosa me alcanzaría mucho antes de que llegara al recinto amurallado y, desesperado y llorando por intentar respirar, me di la vuelta y lo golpeé cuando se abalanzó sobre mí: lo golpeé con todas mis fuerzas. La piedra se salió de la honda improvisada de mi pañuelo cuando lo hice.

Al darme la vuelta, aquella cosa, que había venido persiguiéndome a cuatro patas, se irguió y la piedra fue a darle en la sien izquierda. Se oyó un crujido de los huesos del cráneo y aquel animal se abalanzó sobre mí, me empujó con las manos y, pasando a mi lado, cayó de bruces en la arena, con la cara metida en el agua. Y allí se quedó, inmóvil.

No me atrevía a acercarme a aquel bulto negro. Lo dejé allí, con el agua burbujeando a su alrededor, bajo las inmóviles estrellas, y, dando un rodeo para evitarlo, seguí mi camino hacia el fulgor amarillento de la casa. Al final, casi con verdadero alivio, empecé a oír los lastimeros quejidos del puma, aquellos alaridos que habían sido la razón por la que decidí explorar la misteriosa isla. Entonces, aunque me encontraba espantosamente cansado, hice acopio de todas mis fuerzas y empecé a correr otra vez hacia la luz. Me pareció que una voz me llamaba.

CAPÍTULO 10

Los lamentos del hombre

A medida que me acercaba a la casa, vi que salía luz por la puerta abierta de mi estancia; y entonces oí, en la oscuridad, junto a la franja de luz naranja, la voz de Montgomery, que me gritaba:

—¡Prendick!

Yo seguí corriendo. Poco después volví a oírlo. Contesté con un débil «¡Aquí!» y casi de inmediato me topé con él.

—¿Dónde ha estado? —preguntó, sujetándome con los brazos para que la luz de la estancia iluminara mi rostro—. Hemos estado tan ocupados que nos hemos olvidado de usted hasta hace más o menos media hora.

Me llevó al interior de la estancia y me sentó en la tumbona. Durante unos instantes la luz me cegó.

—No se nos ocurrió pensar que se habría ido a explorar la isla sin decírnoslo —afirmó. Y luego—: Temíamos que... Pero... ¿qué...? ¡Oiga!

Las últimas fuerzas que tenía me abandonaron y la cabeza se me desplomó sobre el pecho. Creo que Montgomery encontró cierta satisfacción al hacerme beber brandi.

—¡Por el amor de Dios —exclamé—, cierre esa puerta!

—Se ha encontrado con algunas cosas raras, ¿eh? —dijo.

Cerró la puerta y volvió conmigo. No me hizo preguntas, pero me dio algo más de brandi y agua, y me conminó a comer algo. Yo estaba al borde del colapso. Dijo algo que no entendí sobre que olvidó advertirme, y me preguntó brevemente cuándo había salido de la casa y qué había visto. Le contesté también de manera concisa, con frases sueltas.

—Dígame qué significa todo esto —le dije, al borde de la histeria.

—No es nada terrible... —dijo—. Pero creo que usted ya ha tenido suficiente por hoy.

El puma lanzó entonces un agudo chillido de dolor. Al oírlo, Montgomery maldijo en voz baja.

—Maldita sea —murmuró—, esto es peor que Gower Street... con sus gatos.

—Montgomery —le dije—. Qué era eso que venía detrás de mí. ¿Era un animal o un hombre?

—Si no duerme hoy —dijo—, mañana se encontrará fatal.

Me puse de pie frente a él.

—¿Qué era eso que me perseguía? —le volví a preguntar.

Me miró fijamente a los ojos y torció el gesto. Su mirada, que parecía viva y animada solo unos instantes antes, se enturbió.

—Por lo que me cuenta —dijo—, sería un espíritu o algo así.

Sentí un arrebato de feroz indignación que se pasó tan rápido como apareció. Me derrumbé de nuevo en la silla y me cubrí la frente con las manos. El puma empezó a aullar otra vez.

Montgomery dio la vuelta y se colocó detrás de mí, y me puso la mano en el hombro.

—Mire, Prendick —dijo—. No debería haberle dejado andar solo por esta condenada isla nuestra. Pero no es tan terrible como imagina, hombre. Está demasiado nervioso. Deje que le dé algo para que pueda dormir. Eso... va a seguir así varias horas más. Lo único que tiene que hacer es dormir, o no respondo de lo que le pueda pasar.

No contesté. Asentí y me cubrí la cara con las manos. Al poco volvió con una pequeña dosis de un líquido oscuro. Me lo dio. Lo tomé sin protestar y él me ayudó a tumbarme en la hamaca.

Cuando me desperté era pleno día. Me quedé allí tendido un rato, mirando el techo. Las vigas, me di cuenta, eran maderas de un barco. Luego giré la cabeza y vi una comida preparada para mí en la mesa. Sentí que tenía hambre y me dispuse a salir de la hamaca, la cual, anticipándose muy educadamente a mis intenciones, se giró de repente y me dejó a cuatro patas sobre el suelo.

Me levanté y me senté delante de la comida. Me sentía aturdido y, al principio, solo tuve un vago recuerdo de las cosas que me habían ocurrido la noche anterior. La brisa de la mañana soplaba de un modo muy agradable por la ventana sin cristales, y tanto el aire puro como la comida contribuyeron a una sensación de comodidad vital. Poco después, la puerta que tenía a mis espaldas, la puerta que daba al interior del recinto murado, se abrió. Me volví y vi que era Montgomery.

—¿Todo bien? —dijo—. He estado terriblemente ocupado.

Y cerró la puerta. Después descubrí que había olvidado cerrarla con llave.

Entonces recordé la expresión de su cara la noche anterior, y el recuerdo de todo lo que había vivido se me representó claramente. Y al mismo tiempo que el miedo volvía a angustiarme, se oyó un grito en el recinto. Pero en esta ocasión no era el aullido de un puma. Volví a dejar en el plato un bocado que tembló al acercarse a mis labios, y escuché atentamente. Silencio absoluto, salvo por el susurro de la brisa matutina. Empecé a pensar que mis oídos me estaban engañando.

Tras una larga pausa volví a mi comida, pero con los oídos atentos. Poco después oí algo muy débil y grave. Me quedé petrificado. Aunque era un quejido débil y grave, me conmovió más profundamente que todos los gritos y aullidos espantosos que había percibido tras los muros hasta ese momento. Esta vez no me cabía la menor duda sobre aquellos quejidos débiles y entrecortados; no había duda en absoluto de su origen; porque eran gemidos entrecortados con sollozos y jadeos de angustia. No era ningún animal esta vez. ¡Era un ser humano sufriendo una verdadera tortura!

Cuando me di cuenta de esto, me levanté y en tres

pasos crucé la estancia, agarré el picaporte de la puerta interior y la abrí de par en par.

—¡Prendick, deténgase! —gritó Montgomery, interponiéndose.

Uno de los perros de caza aulló y gruñó. Vi que había sangre en las piletas, sangre marrón y a veces roja, y pude oler el peculiar hedor del ácido carbólico. Entonces, a través de la puerta, en la penumbra que había al fondo, vi algo que estaba amarrado penosamente a una especie de armazón, lleno de cicatrices, ensangrentado y vendado. Luego, cubriéndolo todo, apareció el rostro del doctor Moreau, pálido y aterrador.

Un instante después me había agarrado por el hombro con una mano que chorreaba sangre, me hizo perder el equilibrio y me arrojó de cabeza a mi habitación. Me manejó como si fuera un niño pequeño. Caí de bruces en el suelo, cerró la puerta con un violento portazo y ocultó así la feroz violencia que mostraba su rostro. Entonces oí que la llave giraba en la cerradura y la voz de Montgomery en tono de disculpa:

—¡El trabajo de toda una vida, arruinado! —oí gritar a Moreau.

—Él no entiende... —dijo Montgomery, y añadió otras cosas que no alcancé a distinguir.

—Ahora no tengo tiempo que perder —dijo Moreau.

No pude entender el resto. Me levanté y me quedé temblando: mi cabeza era un caos donde se enmarañaban las sospechas más terribles. ¿Sería posible —pensé— que se estuvieran haciendo allí vivisecciones de seres humanos?

La pregunta estalló como un relámpago en un cielo tormentoso. Y, de repente, el nebuloso estupor de mi conciencia se condensó en una diáfana comprensión del peligro en el que me encontraba.

CAPÍTULO 11
La caza del hombre

Con la absurda esperanza de escapar, recordé que la puerta exterior de mi estancia aún estaba abierta. Ahora estaba convencido, absolutamente persuadido, de que Moreau había estado viviseccionando a un ser humano. Todo el tiempo, desde que oí su nombre, había estado intentando vincular en mi mente, de algún modo, la grotesca animalidad de los isleños con sus abominables experimentos; y ahora que lo pensaba, lo vi todo claro. Acudió a mí el recuerdo de sus trabajos con las transfusiones de sangre. ¡Aquellas criaturas que había visto eran las víctimas de algún horrible experimento!

Aquellos canallas enfermos solo habían intentado mantenerme alejado de la isla, engañarme con sus muestras de amabilidad, para caer al final sobre mí y arrastrarme a un destino peor que la muerte: la tortura y, después de la tortura, la más espantosa degradación concebible: querían convertirme en un alma perdida, en una bestia, junto al resto de su manada de Comus.[1] Miré a mi alrede-

1. H. G. Wells se refiere aquí a la mascarada *Comus* (1634), donde

dor buscando algún arma. Nada. Luego, como una inspiración, volví a la tumbona, puse un pie en el borde y arranqué uno de los listones laterales. Resultó que el palo salió con un clavo sobresaliendo y eso le confería un aspecto un tanto amenazador; si no fuera por eso, sería un arma ridícula. Oí pasos fuera y fui a abrir inmediatamente la puerta, y me encontré a Montgomery a un metro. Tenía intención de cerrar con llave la puerta exterior.

Levanté el palo con el clavo e intenté cortarle la cara, pero saltó hacia atrás. Dudé un momento y luego salí corriendo y doblé la esquina del recinto.

—¡Prendick! —oí su grito desconcertado—. ¡No sea bobo, Prendick!

Si hubiera tardado un minuto más, pensé, me habría encerrado en aquella habitación y me habría tenido a su disposición, condenado como una cobaya de hospital. Dobló también la esquina, porque le oí gritar «¡Prendick!». Y luego empezó a correr detrás de mí, gritándome mientras me perseguía.

Esta vez, corriendo a ciegas, fui hacia el noreste, en dirección completamente opuesta a la que había tomado el día anterior. En un momento dado, mientras corría por la playa, miré por encima del hombro y vi que Montgo-

---

John Milton reelabora el mito del dios griego Comus (o Como o Comos) y presenta a la divinidad como hijo de Baco y Circe; Comus ofrece a los marineros un bebedizo que los convierte en lobos, osos, panteras, tigres, cerdos o cabras. (Todas las notas, excepto las indicadas con un *, son del traductor.)

mery me seguía con su ayudante. Corrí con furia y subí por una ladera, llegué arriba y seguí hacia el este por un valle pedregoso, flanqueado por selva a ambos lados. Creo que corrí más o menos un kilómetro y medio, con el pecho dolorido y el corazón latiéndome en los oídos, y luego ya no oí ni a Montgomery ni a su ayudante; me sentía al borde del agotamiento y volví sobre mis pasos en dirección a la playa, o eso pensé, y me tumbé al resguardo de un cañaveral.

Allí me quedé durante mucho tiempo, demasiado asustado para moverme y, también, demasiado asustado para planear nada siquiera. El agreste paisaje que tenía a mi alrededor dormitaba silencioso bajo el sol, y el único ruido que podía oír era el débil zumbido de algunos mosquitos que habían detectado mi presencia. Al poco fui plenamente consciente de un ruido que parecía el de una respiración soñolienta: era el susurro del mar en la playa.

Después de más o menos una hora oí a Montgomery gritando mi nombre, bastante lejos, hacia el norte. Eso me permitió concebir un plan. Tal y como lo pensé entonces, la isla solo estaba habitada por aquellos dos cirujanos y sus víctimas animalizadas. Sin duda podrían utilizar a algunas de ellas contra mí, si lo necesitaban. Yo sabía que tanto Moreau como Montgomery llevaban revólveres; y, salvo por mi débil listón de madera con un clavo, una triste imitación de una maza, yo estaba completamente desarmado.

Así que me quedé allí tendido hasta que empecé a tener hambre y sed. Y en aquel momento se me hizo patente la verdadera situación desesperada en la que me encontraba. No tenía manera de dar con algo para comer; no sabía lo suficiente de botánica para buscar las raíces o frutas comestibles que pudiera haber a mi alrededor; no tenía medios para intentar atrapar a alguno de los escasos conejos que había en la isla. Cuanto más consideraba la situación, más incierta me parecía. Al final, desesperado, recordé a aquellos hombres bestiales con los que me había topado el día anterior. Intenté encontrar alguna esperanza en algo que recordara de ellos. Procuré traer a mi memoria a cada uno de los que había visto y traté de extraer alguna conclusión positiva que me pudiera servir de ayuda.

Entonces, de repente, oí el ladrido de un perro y eso puso de manifiesto un nuevo peligro. Me tomé solo unos breves segundos para pensar, o acabarían cazándome, pero, cogiendo el palo con el clavo, me dirigí corriendo hacia el ruido del mar. Recuerdo que tuve que pasar por un terreno lleno de espinos que se clavaban como navajas. Salí de aquellos matorrales sangrando y con la ropa hecha jirones, al borde de un amplio valle que se adentraba hacia el norte. Sin pensarlo ni un minuto, me dirigí hacia el mar, vadeando la hondonada, y al final me vi metido hasta la rodilla en un pequeño arroyo. Conseguí arrastrarme al final hasta la otra orilla y, con el corazón latiéndome con fuerza en los oídos, me arrastré por un laberinto de helechos a esperar acontecimientos. Oí al perro —era solo uno— cada vez más cerca, que chilló cuando tuvo que pasar por los espinos. Luego ya no oí nada y empecé a pensar que había conseguido escapar.

Transcurrieron los minutos, el silencio se prolongó y,

al final, después de una hora a salvo, empecé a recobrar el ánimo.

Para entonces ya no estaba ni aterrorizado ni me sentía desgraciado. Porque, como si dijéramos, ya había sobrepasado el límite del terror y la desesperación. Ahora sentía tan solo que mi vida estaba prácticamente perdida y ese convencimiento me animaba a atreverme a casi cualquier cosa. Casi deseaba tener un encuentro cara a cara con Moreau. Y, mientras vadeaba el arroyo, recordé que si me acosaban demasiado al menos me quedaría una manera de escapar de la tortura que me amenazaba: no podrían evitar que decidiera ahogarme. En aquel momento tuve casi la intención de quitarme la vida en el mar, pero una extraña curiosidad por ver cómo acababa aquella aventura y un raro interés en mi supervivencia, insensible y fuera de lo común, me detuvieron. Estiré las piernas y los brazos, heridos y doloridos por los pinchazos de los espinos, y miré a mi alrededor, entre los árboles; y, tan repentinamente que pareció brotar como por ensalmo en medio de la vegetación, mis ojos se detuvieron en un rostro negro que me observaba.

Vi que era la criatura simiesca que había ido a recibir a la lancha en la playa. Estaba colgada del tronco inclinado de una palmera. Me aferré a mi estaca y me quedé mirándola. Empezó a parlotear.

—¡Tú, tú, tú! —eso era lo único que podía distinguir al principio.

De repente se dejó caer del árbol y, enseguida, estaba apartando la vegetación, mirándome con curiosidad.

No sentí entonces tanta repugnancia hacia esa criatura como la que había sentido hacia otros hombres bestias.

—Tú —dijo—, en el bote.

Era un ser humano, entonces... al menos tan humano como el ayudante de Montgomery, porque sabía hablar.

—Sí —dije—. Vine en el bote. Del barco.

—Oh —exclamó, y sus ojos brillantes e inquietos se fijaron en mí, en el palo que tenía en la mano, en mis pies, en los jirones de mi ropa, y en los cortes y rasguños que me habían hecho los espinos. Parecía un poco desconcertado por algo. Sus ojos volvieron a mis manos. Levantó su propia mano y contó los dedos lentamente—. Uno, dos, tres, cuatro, cinco... ¿eh?

No entendí qué me quiso decir en aquel momento. Después supe que una gran mayoría de aquellos hombres animalizados tenían malformaciones en las manos y a veces incluso carecían de hasta tres dedos. Pero supuse que aquello era una forma de saludo e hice lo mismo para contestarle. Él sonrió con una inmensa satisfacción. Luego, su mirada inquieta volvió a desviarse. Hizo un movimiento brusco y desapareció. La fronda de helechos donde se encontraba volvió a reagruparse.

Fui tras él y me quedé atónito al verlo balanceándose alegremente, aferrado con su brazo larguirucho a una liana de enredaderas que caía de las copas de los árboles. Me estaba dando la espalda.

—¡Hola! —exclamé.

Bajó al suelo con una pirueta y se quedó mirándome.

—Escúchame... —dije—, ¿dónde puedo conseguir algo de comer?

—¡Comer! —exclamó—. ¡Comer comida de hombre ahora! —Y su mirada se volvió hacia las lianas—. En las grutas.

—Pero ¿dónde están las grutas?

—¡Oh!

—Soy un recién llegado, ¿sabes?

Entonces se dio media vuelta y empezó a caminar con rapidez. Todos sus movimientos eran extrañamente ágiles.

—Ven —dijo.

Fui con él para ver en qué paraba la aventura. Imaginé que las grutas eran alguna especie de toscos refugios, donde vivían él y algunas bestias humanas más. Puede que fueran amistosos, puede que encontrara alguna manera de entenderme con ellos. Aún no sabía hasta qué punto habían perdido la herencia humana que yo les atribuía.

Mi compañero simiesco iba trotando a mi lado, con su peculiar gesto: los brazos colgando y la mandíbula adelantada. Me pregunté qué recuerdos conservaría.

—¿Cuánto tiempo llevas en esta isla? —le dije.

—¿Cuánto tiempo? —preguntó.

Y después de repetirle la pregunta, levantó tres dedos. La criatura apenas tenía más inteligencia que un retrasado mental. Intenté averiguar qué quería decir con aquel gesto, pero pareció que se aburría con mi conversación. Tras un par de preguntas más, de repente se apartó de mi lado y saltó para coger algunos frutos que colgaban de un árbol. Arrancó un buen puñado de vainas espinosas y continuó el camino engullendo su contenido. Observé aquello con satisfacción, porque ahí, al menos, tenía una pista sobre lo que podía comer. Intenté hacerle algunas preguntas más, pero sus respuestas, balbuceantes y torpes, unas veces tenían que ver con mis curiosidades y otras no. Algunas, pocas, eran adecuadas, otras eran como las de un loro.

Yo iba tan pendiente de aquellas peculiaridades que apenas me di cuenta del camino que llevábamos. Al poco llegamos a unos árboles, todos chamuscados y negruzcos, y también a un lugar despejado, cubierto de incrustaciones amarillas y blancas, sobre el que flotaba un humo cuyas vaharadas acres picaban en la nariz y los ojos. A nuestra derecha, por encima de un saliente de roca viva, atisbé el horizonte del mar. El camino descendía de manera abrupta por un barranco estrecho entre dos escombreras desordenadas y descompuestas de escorias negruzcas. Y por allí bajamos.

Aquel pasadizo estaba extraordinariamente oscuro, sobre todo después de haber pasado por el terreno sulfuroso donde se reflejaba el sol cegador. Los muros del pasadizo eran cada vez más altos y se iban estrechando poco a poco. La vista se me enturbiaba con estrellitas rojas y verdes. Mi guía se detuvo de repente.

—Casa —dijo, y yo me quedé quieto en aquel abismo que al principio me pareció absolutamente oscuro.

Oí algunos ruidos extraños y me restregué los ojos

con los nudillos de la mano. Noté un desagradable hedor, como el de una jaula de mono mal limpiada. Más allá, el pasadizo se abría de nuevo y daba a una cuesta con la vegetación iluminada por el sol y, a ambos lados, la luz se abría paso por un canal hacia las penumbras interiores.

CAPÍTULO 12
Los que recitan la Ley

Entonces, algo frío tocó mi mano. Me sobresalté con violencia, y vi a mi lado una cosa frágil y rosada, que se parecía más a un niño desollado que a cualquier otra cosa en el mundo. La criatura tenía exactamente los rasgos amables, pero repugnantes, de un perezoso, con la misma frente hundida y los mismos movimientos lentos. Cuando me fui acostumbrando al cambio de luz, vi con más claridad lo que tenía a mi alrededor. La pequeña criatura con aspecto de perezoso estaba allí delante, mirándome. Mi guía se había evaporado.

El lugar era un pasadizo estrecho entre altas paredes de lava, una grieta en el flujo nudoso de roca, y a ambos lados colgaban montones entretejidos de algas marinas, ramas de palmera y juncos que formaban unas guaridas burdas e impenetrablemente oscuras. El tortuoso sendero que ascendía entre los cubiles apenas tenía una anchura de tres metros, y estaba decorado con restos de frutas podridas y otros desperdicios que explicaban el repugnante hedor del lugar.

La criatura que parecía un perezoso desollado aún me

estaba mirando asombrada cuando mi hombre simio reapareció en la entrada de la gruta más cercana y me hizo un gesto para que pasara. Mientras lo hacía, un monstruo jorobado salió de una de aquellas grutas que estaban más arriba en aquel insólito callejón, y se quedó quieto, formando una silueta confusa contra el verdor luminoso del fondo, y allí permaneció, mirándome. Dudé —estuve a punto de salir corriendo por donde había llegado—, pero luego, decidido a saber en qué acababa aquella peripecia, agarré con fuerza mi estaca con su clavo y me arrastré en el pequeño y apestoso cubil detrás de mi guía.

Era una guarida semicircular, con el aspecto de media colmena, y en la pared de roca volcánica que formaba su interior había montones de distintos frutos, cocos y otros vegetales. Había algunos recipientes hechos de lava o de madera por el suelo, y uno sobre un taburete muy tosco. No había fuego. En el extremo más oscuro de la caverna estaba sentada una masa informe que gruñó «¡Eh!» cuando yo entré; mi hombre mono se quedó en la turbia luz de la entrada y me dio un coco partido por la mitad mientras yo me arrastraba hacia un rincón y me agachaba. Lo cogí y empecé a comerlo, con tanta tranquilidad como pude, a pesar de mi nerviosa inquietud y la insoportable angostura del cubil. El pequeño perezoso despellejado se quedó en la boca de la madriguera, y una cosa con una cara sucia y ojos brillantes se asomó a mirar por encima de su hombro.

—Uh —dijo el bulto que estaba en la oscuridad del fondo—. Es un hombre.

—¡Es un hombre! ¡Es un hombre! —farfulló mi

guía—. Un hombre, un hombre, un hombre de cinco, como yo.

—¡Silencio! —gritó la voz desde la oscuridad, y lanzó un gruñido.

Yo seguí mordisqueando mi coco en medio de un terrible mutismo. Escruté como pude aquella oscuridad, pero no fui capaz de distinguir nada.

—Es un hombre —repitió la voz—. ¿Viene a vivir con nosotros? —Era una voz ronca con algo peculiar, como una especie de tono sibilante que me llamó la atención y me pareció muy raro, aunque su acento inglés era extrañamente bueno.

El hombre mono me miró como si esperara algo. Entendí que el silencio era interrogativo.

—El hombre viene a vivir con vosotros —dije.

—Es un hombre. Debe aprender la Ley.

En ese momento empecé a distinguir una negrura más intensa en aquella oscuridad, una difusa silueta de una figura encorvada. Entonces me di cuenta de que la abertura de la gruta se había oscurecido por dos cabezas más. Mi mano se aferró al palo. El engendro que estaba en lo oscuro repitió en un tono más elevado:

—Di las palabras. —Yo no me había dado cuenta de sus últimas órdenes—. No caminarás a cuatro patas; esa es la Ley —repitió con una especie de cantilena.

Yo estaba desconcertado.

—Di las palabras —insistió el hombre mono, y las criaturas de la entrada repitieron la orden, con un tono de amenaza en sus voces.

Me di cuenta de que tendría que imitar aquella estúpida fórmula. Y entonces comenzó la ceremonia más absurda del mundo. La voz de la criatura que estaba en la oscuridad empezó a entonar una letanía demencial, verso a verso, y yo y todos los demás nos limitamos a repetir lo que decía. Mientras lo hacíamos, todos se balanceaban de lado a lado y se golpeaban las rodillas con las manos, y yo seguí su ejemplo. Perfectamente podría haber creído que estaba ya muerto y en otro mundo. La gruta oscura, aquellos seres grotescos, iluminados de vez en cuando por un destello de luz, y todos ellos balanceándose al unísono y cantando...

No caminarás a cuatro patas: esta es la Ley. ¿No somos hombres?
No beberás sangre: esta es la Ley. ¿No somos hombres?
No comerás carne ni pescado: esta es la Ley. ¿No somos hombres?
No afilarás las uñas en los árboles: esta es la Ley. ¿No somos hombres?
No cazarás a otros hombres: esta es la Ley. ¿No somos hombres?

Y así, a partir de la prohibición de todas estas locuras, continuó con la prohibición de lo que yo pensé entonces que eran las cosas más demenciales, imposibles e indecentes que cualquiera pudiera imaginar. Una especie de fervor rítmico inundó la sala; murmurábamos y nos balanceábamos cada vez más deprisa, repitiendo aquella increíble legislación. Superficialmente, me había contagiado de la actitud de aquellas bestias humanas, pero en lo más profundo de mi interior contendían la risa y el asco. Continuamos la letanía con una larga lista de prohibiciones y luego el canto varió hacia una nueva fórmula:

Suya es la Mansión del Dolor.
Suya es la Mano creadora.
Suya es la Mano que hiere.
Suya es la Mano que cura.

Y así continuó con otra larga serie de versículos sobre él —quienquiera que fuese—: la mayoría solo eran un galimatías absolutamente incomprensible para mí. Podría haber imaginado que estaba en un sueño, pero jamás había oído cantar en un sueño.

—Suyo es el rayo cegador —cantamos todos—. Suyo es el profundo mar salado.

Se me ocurrió entonces la peregrina idea de que Moreau, después de animalizar a aquellos hombres, hubiera infectado sus raquíticos cerebros con una especie de deificación de sí mismo. En todo caso era perfectamente consciente de que estaba rodeado de dientes blancos y garras afiladas como para dejar de cantar por eso.

—Suyas son las estrellas del cielo...

Por fin terminó la letanía. Vi la cara del hombre simiesco brillando de sudor, y con mis ojos, ya acostumbrados a la oscuridad, distinguí claramente el engendro que estaba en la esquina, la voz que había dirigido la ceremonia. Tenía el tamaño de un hombre, pero parecía cubierto de una especie de pelo blanco lacio, casi como el de uno de esos perros terrier de la isla de Skye. ¿Qué era aquello? ¿Qué eran todos ellos? Imagínese el lector rodeado de los engendros más deformes y perturbados que puedan concebirse, y solo así podrá comprender mínimamente la sensación que tenía con todas aquellas caricaturas grotescas de seres humanos a mi alrededor.

—Es un hombre de cinco, un hombre de cinco, un hombre de cinco... como yo —dijo el hombre mono.

Yo mostré mis manos. La criatura gris de la esquina se inclinó hacia delante.

—No caminarás a cuatro patas: esta es la Ley. ¿No somos hombres? —dijo.

Adelantó una garra extrañamente deforme y cogió mis dedos. Aquello era casi como la pezuña de un ciervo convertida en una zarpa con uñas. Yo podría haber gritado de sorpresa y dolor. Adelantó la cara y observó detenidamente mis uñas; se dirigió hacia la luz de la entrada de la gruta, y vi con un escalofrío de asco que no tenía cara ni de hombre ni de bestia, sino una simple mata de pelo gris, con tres aberturas sombrías que marcaban los ojos y la boca.

—Tiene uñas pequeñas —dijo aquel engendro grisáceo tras su barba peluda—. Está bien.

Dejó caer mi mano e instintivamente agarré mi palo.

—Come raíces y hierbas... es Su voluntad —murmuró el hombre mono.

—Yo soy el que dicta la Ley —dijo la criatura gris—.

Aquí han de venir todos los nuevos, para aprender la Ley. Yo estoy sentado en la oscuridad y dicto la Ley.

—Así es, así es —dijo una de las bestias de la entrada.

—Terrible es el castigo para aquellos que infringen la Ley. Nadie escapa.

—Nadie escapa —repitió aquel pueblo de engendros, mirándose furtivamente los unos a los otros.

—¡Nadie! ¡Nadie! —dijo el hombre mono—. ¡Nadie escapa! ¡Mira! Yo hice una cosa pequeña, una pequeña falta, una vez. Farfullé, farfullé, dejé de hablar. Nadie me podía entender. Me quemaron la mano, tengo marcada la mano. ¡Él es poderoso, es bueno!

—¡Nadie escapa! —dijo la criatura gris del rincón.

—¡Nadie escapa! —repitió el pueblo de las bestias, mirándose con recelo los unos a los otros.

—Porque hacer lo que uno quiere es malo —dijo el que dictaba la Ley—. Lo que vas a querer, no lo sabemos. Lo sabremos. Algunos quieren perseguir las cosas que se mueven, o mirar y acechar y esperar y saltar, para matar y morder, morder profundo y mucho, bebiendo la sangre... Eso es malo. «No cazarás a otros hombres: esta es la Ley. ¿No somos hombres? No comerás carne ni pescado: esta es la Ley. ¿No somos hombres?»

—Nadie escapa —dijo una bestia moteada que estaba en la entrada.

—Porque hacer lo que uno quiere es malo —dijo el que dictaba la Ley—. Algunos quieren ir y arrancar con los dientes y las manos las raíces de las cosas, y husmean por el suelo... Eso es malo.

—Nadie escapa —dijo el hombre simiesco, rascándose la pantorrilla.

—Nadie escapa —dijo el pequeño engendro parecido a un perezoso despellejado.

—El castigo es severo y seguro. Por tanto, aprende la Ley. Di las palabras. —Y, sin poderlo evitar, empezó de nuevo a recitar la letanía de la Ley, y de nuevo todas aquellas criaturas y yo comenzamos a canturrear y a balancearnos.

La cabeza ya me daba vueltas con todo aquel galimatías y la pestilencia del lugar, pero seguí haciendo lo mismo que todos, confiando en encontrar alguna posibilidad de salir de allí.

—No caminarás a cuatro patas: esta es la Ley. ¿No somos hombres?

Estábamos causando tal griterío que no me di cuenta del tumulto que se había formado en el exterior, hasta que uno de los engendros, que, creo, era uno de los dos hombres cerdo que había visto en el bosque, asomó el hocico por encima del pequeño perezoso despellejado y gritó algo muy nervioso, algo que yo no pude entender. Rápidamente, todos aquellos que estaban a la entrada de la gruta desaparecieron; mi guía, el hombre mono, salió corriendo y la cosa que había estado sentada en un rincón fue tras él —solo pude ver que era grande y torpe, y que estaba cubierto con pelo plateado—, y me dejaron allí solo.

Entonces, antes de que pudiera salir, oí el ladrido de un perro de caza. Inmediatamente me vi fuera de la guarida, con el palo en la mano y cada músculo de mi cuerpo temblando. Delante de mí tenía las espaldas deformes de aquellas bestias, con sus cabezas contrahechas medio escondidas entre los hombros y las jorobas. Estaban gesticulando muy nerviosos. Otras caras semianimales asomaban sus miradas de curiosidad a la entrada de los cubiles. Al fijarme en qué dirección miraban, vi a través de la bruma forestal, bajo los árboles, más allá de donde comenzaba el pasadizo de guaridas, la oscura silueta y la espantosa cara blanca de Moreau. Venía sujetando un perro de caza con una correa y tras él se veía a Montgomery, con un revólver en la mano.

Durante unos segundos me quedé paralizado por el miedo.

Me di media vuelta y vi que, a mi espalda, el pasadizo estaba bloqueado por otra enorme bestia con el rostro gris y unos ojillos brillantes que venía hacia mí. Busqué una salida desesperada y, a mi derecha, como a cinco o seis metros, vi un estrecho hueco en la pared de roca volcánica, a través del cual se filtraba un rayo de luz.

—¡Alto! —gritó Moreau, cuando intenté colarme por aquella abertura; y enseguida exclamó—: ¡Sujetadlo!

De inmediato, primero una cara se volvió hacia mí y luego todas las demás. Sus cerebros animales eran afortunadamente muy lentos.

Empujé con el hombro a un torpe engendro que se estaba dando la vuelta para ver a qué se refería Moreau, y lo lancé contra los otros. Sentí que las manos deformes de aquellos seres revoloteaban a mi alrededor, agarrándome y soltándome. El pequeño perezoso despellejado se abalanzó sobre mí y lo contuve: le corté su asquerosa cara con el clavo de mi estaca, y al segundo ya estaba escalando por un sendero empinado, una especie de chimenea en cuesta que salía del barranco. Oí aullidos a mi espalda y gritos de «¡Cogedlo, cogedlo!», «¡Sujetadlo!», y el monstruo de la cara gris salió detrás de mí y metió su enorme cuerpo en la hendidura. «¡Vamos, vamos!», aullaban. Trepé por la estrecha grieta de roca y salí a una planicie sulfurosa, al oeste del poblado de aquellas bestias humanas.

Tuve muchísima suerte al encontrar aquella hendidura en la roca, porque el estrecho hueco que ascendía en diagonal hacia arriba debió de impedir el avance de mis perseguidores. Corrí por aquel lugar blanquecino y luego descendí por una cuesta empinada a través de un bosque de árboles dispersos, hasta llegar a una hondonada con juncos bastante altos. Me abrí paso a través de las cañas y me adentré después en un campo de maleza negra y pantanosa. Cuando me metí en el cañaveral, mis perseguidores salieron por la hendidura. Continué avanzando por aquella maleza durante unos minutos. A mis espaldas enseguida oí una multitud de gritos amenazadores. Distinguí en la distancia el tumulto de mis perseguidores subiendo por la abertura de la cuesta, y luego cómo quebraban los juncos, y, de vez en cuando, el crujido de una rama. Algunas de aquellas monstruosidades rugían como bestias de presa excitadas. Los perros de caza ladraban a mi izquierda. Oí a Moreau y a Montgomery gritando en esa misma dirección. Me desvié enseguida hacia el otro lado. Me pareció entonces oír a Montgomery que me gritaba que corriera si quería salvar la vida.

Enseguida noté el suelo húmedo y fangoso bajo mis pies; pero estaba desesperado y continué sin parar, avanzando con las piernas en el fango hasta las rodillas, hasta que salí a un camino sinuoso que discurría por un alto cañaveral. La barahúnda de mis perseguidores quedó a la izquierda. En un momento dado, tres extraños animales despellejados, del tamaño de gatos, saltaron y huyeron al percatarse de mis pasos. Este sendero subía por una colina y cruzaba otro terreno despejado, cubierto de incrustaciones blanquecinas, hasta que volví a entrar en otro cañaveral.

Luego, de repente, el camino se desvió para seguir al borde de un acantilado de paredes escarpadas, que apareció sin previo aviso, como las zanjas de los parques rurales ingleses, y luego giró con una inesperada brusquedad. Yo seguía corriendo con todas mis fuerzas y no vi el despeñadero hasta que estuve volando de cabeza por los aires.

Caí con los brazos y la cabeza por delante, en unos espinos, y, cuando me enderecé, tenía una oreja desgarrada y la cara ensangrentada. Me había caído en un barranco escarpado, rocoso y lleno de zarzas, envuelto en una bruma que flotaba a mi alrededor formando volutas; había al fondo un estrecho arroyo, desde donde surgía aquella bruma, que iba serpenteando por el medio. Me sorprendió aquella leve neblina a plena luz del día, pero en aquel momento no tenía tiempo para indagaciones. Giré a mi derecha, bajé junto al arroyo, confiando en encontrar el mar en esa dirección y así tener la posibilidad de ahogarme. Transcurrió un rato hasta que me percaté de que, en la caída, había perdido mi palo con su clavo.

Poco a poco el barranco se fue estrechando y, sin darme cuenta, me metí en el arroyo. Salté de allí rápidamente, porque el agua estaba casi hirviendo. Noté también que había una ligera espuma sulfurosa flotando en aquel riachuelo burbujeante. Casi de inmediato el barranco giró y vi el brumoso horizonte azul. El mar, junto a las playas, brillaba con el sol en miles de reflejos. Vi la muerte delante de mí. Pero tenía calor y estaba jadeando, con la sangre caliente hirviéndome en la cara y corriendo viva por mis venas. Sentí algo más que una leve alegría por haber dejado atrás a mis perseguidores. En aquellos momentos no estaba preparado para ir hacia el mar y ahogarme. Miré hacia atrás, al camino por el que había llegado.

Escuché con atención. Salvo por el zumbido de los mosquitos y el chirrido de algunos insectos pequeños que saltaban entre las zarzas, todo estaba absolutamente en silencio. Entonces oí el ladrido de un perro, muy leve, y el murmullo de alguien que farfullaba algo, el chasquido de un látigo y unas voces. Se hicieron más audibles y luego volvieron a distanciarse. El ruido pareció subir garganta arriba y acabó por desaparecer. De momento, la cacería había terminado.

Pero ahora sabía hasta qué punto podía confiar en la ayuda de aquel pueblo de engendros bestiales.

CAPÍTULO 13
La negociación

Me incorporé y bajé hacia el mar. Descubrí que el arroyo hirviendo se ensanchaba hasta llegar a una hondonada con arena y maleza, donde había multitud de cangrejos y criaturas de cuerpo alargado y con muchas patas que se espantaban con mis pisadas. Caminé por el borde mismo del agua del mar y allí me sentí a salvo. Con los brazos en jarras, observé a mi espalda la espesura vegetal, donde el humeante barranco parecía como cortado por un hachazo de niebla. Pero, como digo, estaba pletórico y —como afirma certeramente el dicho, aunque aquellos que nunca han conocido el peligro puedan dudarlo— demasiado desesperado para morir.

Entonces me vino a la cabeza que aún tenía una oportunidad: mientras Moreau y Montgomery, con su tropel de bestias, me perseguían para darme caza, ¿no podría rodear la isla por la playa y llegar al recinto amurallado? Podía usar la táctica militar envolvente y adelantarlos por un lado, y luego, con una piedra o una roca suelta de la construcción, romper la cerradura de la puerta interior y ver qué podía encontrar dentro (cuchillos, pistolas o lo que fuera) para enfrentarme a ellos cuando regresaran. En todo caso, era una manera de vender cara mi vida.

Así que me dirigí al oeste y caminé por la orilla. El sol poniente de la tarde me cegaba los ojos. La leve marea del Pacífico estaba subiendo con un suave murmullo.

Poco a poco la costa fue girando hacia el sur y el sol acabó situándose a mi derecha. Entonces, de repente, delante de mí, vi primero una figura, y luego otras más, que salían de los arbustos: eran Moreau con su perro de caza gris, y Montgomery y otros dos. Entonces me detuve.

Me vieron, y empezaron a gesticular y a acercarse. Me quedé quieto mirándolos aproximarse. Las dos bestias que los acompañaban se adelantaron corriendo para impedirme que me volviera a adentrar en la vegetación del interior de la isla. Montgomery venía corriendo también, pero directamente hacia mí. Moreau lo seguía más despacio, con el perro.

Al final salí de mi estado de estupor y, volviéndome hacia el mar, caminé directamente hacia el agua. La playa era muy plana al principio. Estaba a unos treinta metros de la orilla cuando las olas alcanzaron mi cintura. Aunque vagamente vi a algunas criaturas intermareales alejándose de mis pies.

—Pero ¿qué hace, hombre? —gritó Montgomery.

Me di la vuelta, con el agua a la altura del pecho, y los miré fijamente.

Montgomery estaba jadeando en la orilla. Tenía la cara roja y congestionada por el esfuerzo, con su cabellera de estropajo pegada por el sudor a la cabeza, y con el labio caído enseñando sus dientes descolocados. Moreau se iba acercando, con la cara pálida y rígida, y el perro que llevaba sujeto me ladraba. Ambos llevaban unos látigos enormes. Más arriba, detrás, las bestias humanas observaban atentamente.

—¿Qué hago? ¡Voy a ahogarme! —grité.

Montgomery y Moreau se miraron.

—¿Por qué? —preguntó Moreau.

—Porque eso es mejor que ser torturado por usted.

—Ya se lo dije, doctor —dijo Montgomery, y Moreau contestó algo ininteligible en voz baja.

—¿Qué le hace pensar que voy a torturarlo? —preguntó Moreau.

—Lo que he visto —dije—. Y todos esos... de ahí.

—¡Cállese! —exclamó Moreau, y levantó la mano.

—¡No me callaré! —dije—. Eran hombres... ¿y qué son ahora? Yo al menos no seré como uno de ellos.

Miré más allá de mis interlocutores. Arriba, en la playa, estaba M'ling, el ayudante de Montgomery, y uno de los hombres vendados en blanco que iban en el bote. Y más atrás, entre las sombras de los árboles, vi a mi pequeño hombre mono y, tras él, a otras siluetas oscuras.

—¿Quiénes son esas criaturas? —grité, señalándolos y elevando la voz, cada vez más, para que pudieran oírme—. Eran hombres... hombres como ustedes, a quienes han infectado con alguna pócima bestial, hombres a quienes ustedes han esclavizado, y a quienes aún temen. ¡Eh! ¡Vosotros, que me escucháis! —chillé, señalando a Moreau, y gritando para que me atendieran las bestias humanas—.

¡Vosotros, que me escucháis! ¿No veis que estos hombres aún os temen, que os tienen miedo? Entonces, ¿por qué los teméis? ¡Sois muchos...!

—¡Por el amor de Dios! —gritó Montgomery—. ¡Cállese ya, Prendick!

—¡Prendick! —gritó Moreau.

Ambos gritaron a la vez, como si quisieran ahogar mi voz. Y tras ellos se agazaparon los rostros de las bestias humanas, casi asustados, con sus manos deformes colgando y los hombros encorvados. Parecía, tal y como lo imaginé entonces, que estaban intentando comprenderme o recordar algo de su pasado humano.

Yo continué gritando, apenas recuerdo qué: que podían matar a Moreau y Montgomery; que no tenían que tener miedo de ellos... Eso fue lo que intenté meterles en las molleras a aquellas bestias humanas, para mi perdición absoluta. Vi salir de la arboleda al hombre de los ojos verdes que iba vestido con harapos, el mismo con el que me había topado la noche de mi llegada, y otros lo siguieron para poder oírme mejor.

Al final, me detuve sin aliento.

—Escúcheme un momento —dijo Moreau con calma— y le contaré todo lo que desee.

—¿Y bien? —pregunté.

El doctor tosió, se lo pensó y luego gritó:

—¡Latín, Prendick! ¡En mal latín, Prendick! ¡Latín estudiantil! ¡Pero intente comprenderlo! *Hi non sunt homines, sunt animalia qui nos habemus...* operado. Es un proceso de humanización. Se lo explicaré. Venga a la orilla.

Me eché a reír.

—Una bonita historia —dije—. Hablan, construyen refugios, cocinan... ¡Eran hombres! Naturalmente, volveré a la orilla enseguida...

—Las aguas que tiene justo detrás son profundas... y están llenas de tiburones.

—Eso es lo que quiero —dije—. Algo rápido y contundente. Breve.

—Espere un momento. —Sacó algo del bolsillo que brilló con el sol y lo dejó caer a sus pies—. Es un revólver cargado —dijo—. Montgomery hará lo mismo. Ahora nos vamos a retirar playa arriba hasta que usted considere que está a una distancia segura. Luego venga y coja los revólveres.

—No lo haré. Seguro que tienen otro.

—Quiero que sea razonable, Prendick. En primer lugar, yo nunca le pedí que viniera a esta isla. Después, le dimos somníferos anoche, podríamos haberle hecho daño si hubiéramos querido; y, para terminar, ahora que ha superado el pánico inicial y puede pensar un poco con claridad, ¿de verdad cree que Montgomery es el tipo de persona que usted imagina? Lo hemos perseguido por su bien. Porque la isla está llena de... fenómenos peligrosos. Además, ¿por qué íbamos a querer dispararle cuando acaba de decirnos que piensa ahogarse en el mar?

—¿Y por qué lanzó a su gente contra mí... cuando estaba en las cuevas?

—Queríamos evitar que se pusiera en peligro. Luego dejamos de seguir el rastro deliberadamente... por su bien.

Medité aquello que decía. Tal vez... parecía posible. Entonces me acordé de algo...

—Pero yo vi —dije—, en el recinto...

—Era el puma.

—Mire, Prendick —dijo Montgomery—. Es usted un idiota. Salga del agua y coja esos revólveres, y hablemos. No podemos hacer más de lo que ya hemos hecho.

Confesaré que entonces, y siempre en realidad, desconfié y temí a Moreau. Pero Montgomery era un hombre con el que yo sentía que me entendía.

—Aléjense de la orilla —dije; y después de pensarlo bien, añadí—: y con las manos en alto.

—No vamos a hacer eso —dijo Montgomery, con un gesto revelador por encima del hombro—. Eso sería indigno.

—¡Pues súbanse a los árboles, entonces —dije—, si lo prefieren!

—Esta es una ceremonia absurda —dijo Montgomery.

Ambos se dieron media vuelta y se dirigieron hacia las seis o siete criaturas grotescas que aún estaban allí, al sol, corpulentas, moviéndose... Es cierto que proyectaban sus sombras en la arena... y, sin embargo, resultaban increíblemente irreales. Montgomery hizo restallar su látigo contra ellos, y de inmediato todos se dieron media vuelta y huyeron a refugiarse entre los árboles. Y cuando Montgomery y Moreau se encontraron a una distancia que yo creí prudencial, me acerqué a la orilla, y cogí y estudié los revólveres. Para convencerme de que aquello no era más que una añagaza, descargué un arma contra un trozo redondeado de lava, y tuve la satisfacción de ver cómo se pulverizaba la roca y la playa quedaba salpicada de plomo.

Aun así, dudé un momento.

—Me arriesgaré —dije, al final, y con un revólver en cada mano, subí por la playa hasta donde estaban.

—Mucho mejor así —dijo Moreau sin afectación—. Pero sepa que me ha hecho perder la mayor parte del día con sus condenadas fantasías.

Y con un gesto de humillante desprecio, él y Montgomery dieron media vuelta y empezaron a caminar delante de mí.

El grupo de bestias humanas, aún asombradas, se quedó atrás, entre los árboles. Pasé junto a ellas lo más tranquilo que pude. Una empezó a seguirme, pero se retiró enseguida cuando Montgomery hizo restallar su látigo. El resto permaneció en silencio: observando. Puede que hubieran sido animales. Pero yo nunca había visto a un animal intentando pensar.

CAPÍTULO 14
Las explicaciones del doctor Moreau

—Y ahora, Prendick, se lo contaré todo —dijo el doctor Moreau, en cuanto pudimos comer y beber algo—. Debo admitir que es usted el invitado más engorroso que he tenido jamás. Le advierto que esto es lo último que hago por usted. La próxima vez que amenace con suicidarse, no haré nada... aunque me moleste personalmente.

Se sentó en mi tumbona, con un puro medio consumido en los dedos blancos y de aspecto hábil. La luz de la lámpara que se balanceaba en el techo caía sobre su pelo blanco; miraba fijamente las estrellas por el ventanuco. Yo me senté tan lejos de él como pude, con la mesa entre ambos y los revólveres a mano. Montgomery no estaba. No me apetecía compartir con los dos una estancia tan pequeña.

—Entonces, ¿me reconoce que ese ser humano viviseccionado, como usted dice, al fin y al cabo no es más que el puma? —dijo Moreau.

Me había llevado a ver aquel espanto en una sala interior, para asegurarme que aquel ser no era humano.

—Es el puma —dije—; aún está vivo, pero tan cercenado y mutilado que espero no volver a ver a ningún ser vivo en ese estado jamás. De todas las vilezas...

—Ahora eso no importa —dijo Moreau—. Al menos ahórreme esos terrores juveniles. Montgomery solía ser exactamente igual. Usted mismo ha admitido que es el puma. Ahora guarde silencio mientras le doy una pequeña lección de fisiología.

Y entonces, con el tono de una persona infinitamente aburrida, pero emocionándose levemente poco a poco, me explicó su trabajo. Su manera de hablar era muy sencilla y convincente. De vez en cuando deslizaba una nota de sarcasmo en su voz. En ese momento me sentí avergonzado por las posturas que habíamos adoptado cada uno.

Las criaturas que yo había visto no eran hombres: nunca lo habían sido. Eran animales, animales humanizados, triunfos de la cirugía y la medicina.

—Olvida usted todo lo que un hábil cirujano puede hacer con los seres vivos —dijo Moreau—. Por lo que a mí respecta, solo me desconcierta no saber por qué las cosas que he hecho aquí no se han hecho antes. Desde luego, algunos intentos se han llevado a cabo: amputaciones, glosectomías, escisiones. Por supuesto, ¿sabe usted que el estrabismo se puede provocar o curar mediante la cirugía? Después, en el caso de las escisiones, puede usted obtener todo tipo de cambios secundarios, como modificaciones pigmentarias, transformación del carácter, alteraciones en la secreción de tejidos grasos... Estoy seguro de que habrá oído hablar de todas estas cosas.

—Por supuesto —dije—. Pero esos engendros suyos...

—Todo a su tiempo —dijo, haciendo un gesto de indiferencia con la mano—. Acabo de empezar. Esos son casos triviales de alteración. La cirugía puede hacer cosas mucho más importantes. Se trata de reconstrucción, descomposición y transformación. Quizá haya oído hablar usted de una operación quirúrgica muy común en casos en los que la nariz ha sufrido un estrago notable. Se recorta un fragmento de piel de la frente y se coloca en la nariz, y sana perfectamente en la nueva posición. Se trata de un injerto de parte de un animal en una nueva posición del mismo. Pero los injertos de materiales vivos de otro animal también son posibles: en el caso de los dientes, por ejemplo. Los injertos de piel y huesos se hacen para facilitar la curación. El cirujano coloca en la herida fragmentos de piel obtenida de otro animal o fragmentos de hueso de una víctima recién sacrificada. Probablemente haya oído usted hablar del doctor Hunter: hizo crecer un espolón de gallo en el cuello de un toro. Y se cree que las ratas rinoceronte de los zuavos argelinos nacieron de la misma forma: eran monstruosidades manufacturadas transfiriendo un esqueje de la cola de una rata común a su hocico y dejando que el injerto creciera allí.

—¡Monstruos manufacturados! —exclamé—. ¿Me está usted diciendo que...?

—Sí. Esas criaturas que ha visto usted son animales conformados y moldeados para que sean distintos. A eso, al estudio de la plasticidad de los seres vivos, he dedicado mi vida. He investigado durante años, obteniendo más conocimientos a medida que avanzaba. Veo que parece horrorizado: sin embargo, no le estoy contando nada nuevo. Todo estaba ya descubierto en la práctica anatómica desde hace años, pero nadie había tenido la osadía de abordarlo. Yo no solo cambio el aspecto exterior de los animales. La fisiología y el ritmo químico de la criatura también puede sufrir una transformación duradera, como queda demostrado con la vacunación y otros métodos de inoculación en seres vivos o en materias muertas, y que sin duda conocerá usted perfectamente. Una operación parecida es la transfusión de sangre, que fue el tema con el que yo comencé. Todos estos casos son bien conocidos. Menos familiares le resultarán, aunque estaban mucho más generalizadas, las operaciones de aquellos médicos medievales que fabricaban enanos, y mendigos lisiados y monstruos de feria; algunos vestigios de aquel arte aún persisten en la formación preliminar de los jóvenes equilibristas o contorsionistas. Victor Hugo da buena cuenta de ellos en *El hombre que ríe*... Pero quizá mi intención quede más clara ahora: usted empieza a ver que es perfectamente posible trasplantar tejidos de una parte de un animal a otra, de un animal a otro, alterar sus reacciones químicas y los métodos de crecimiento, modificar las articulaciones de sus miembros e incluso cambiarlos en su estructura más íntima, ¿no es así?

»Y, sin embargo, los modernos investigadores nunca han considerado esta extraordinaria rama del conocimiento científico como un fin en sí misma ni se ha estudiado sistemáticamente, ¡hasta que yo me ocupé de ella! Algunas de esas prácticas se han empleado como recursos extraordinarios de la cirugía; la mayor parte de los recursos desesperados se nos ocurren, como se ha demostrado, y como si dijéramos, por casualidad: los han ideado los tiranos, los criminales, los que crean las razas de caballos o perros, y todo tipo de individuos torpes y sin preparación que solo actúan por sus propios intereses personales. Yo fui el primero que abordó esta cuestión desde la cirugía antiséptica y con un verdadero conocimiento científico de las leyes del desarrollo vital.

»Sin embargo, cabe imaginar que este tipo de cirugías deben de haberse practicado en secreto mucho antes. En criaturas como los hermanos siameses... y en las mazmorras de la Inquisición. Sin duda, su principal objetivo era la tortura morbosa, pero al menos algunos de los inquisidores debieron de tener un algo de curiosidad científica...

—Pero esas cosas... —protesté—, esos animales ¡hablan!

Me contestó que efectivamente era así, y continuó explicándome que las posibilidades de la cirugía no se detenían en una mera metamorfosis física. Un cerdo puede ser adiestrado. La estructura mental está incluso menos determinada que la corporal. En la ciencia del hipnotismo, cada vez más perfeccionada, encontramos la promesa de la posibilidad de reemplazar los instintos innatos por unas sugestiones nuevas, injertando o sustituyendo las ideas fijas innatas. Gran parte de lo que nosotros llamamos educación moral, en realidad, no es más que la modificación artificial y la perversión de los instintos; la agresividad se educa para convertirla en sacrificio, y la sexualidad reprimida, en emoción religiosa. Y la gran diferencia entre el hombre y el mono radica en la laringe, dijo Moreau, en la incapacidad de formular sonidos simbólicos que representen las ideas. En esto no pude estar de acuerdo con él, pero ignoró mis objeciones con cierta descortesía. Repitió que las cosas eran como él decía y continuó explicándome su trabajo.

Pero yo le pregunté por qué había elegido la forma humana como modelo. Me pareció entonces, y me lo sigue pareciendo ahora, que había una extraña perversión en esa elección.

Me confesó que había elegido la forma humana por casualidad.

—Podría haber decidido también convertir a las ovejas en llamas, y las llamas en ovejas. Supongo que hay algo en la forma humana que apela al espíritu artístico con más fuerza que la forma de cualquier otro animal. Pero no me he limitado a hacer hombres. Una o dos veces... —Se quedó en silencio, tal vez durante un minuto—. ¡Cuántos años...! ¡Han pasado sin darme cuenta...! ¡Y hoy he perdido todo un día para salvarle la vida a usted, y aquí estoy ahora, perdiendo una hora dando explicaciones!

—Pero... —dije— sigo sin entender. ¿Qué justificación tiene para infligir todo ese dolor? Lo único que puede excusar esas prácticas quirúrgicas sería alguna aplicación...

—Precisamente —dijo—. Pero usted entenderá que yo no soy de esos. Estamos en niveles diferentes. Usted es un materialista.

—Yo no soy materialista —dije con vehemencia.

—En mi opinión sí: en mi opinión. Porque es precisamente esta cuestión del dolor lo que nos separa. Mientras el dolor sea visible o audible y le resulte insoportable, mientras sus propios dolores lo impulsen a actuar, mientras el dolor subyazca en sus ideas sobre el pecado, mientras todo eso ocurra, se lo aseguro, usted será un animal y pensará solo con un poco más de claridad que un animal. Ese dolor...

Me encogí de hombros de impaciencia ante semejante sofistería.

—Ah, pero eso no es nada. Una mentalidad verdaderamente abierta a lo que la ciencia puede enseñar debe entender que eso no es nada. Pudiera ser que, salvo en este pequeño planeta, en esta mota de polvo cósmico, invisible mucho antes de que podamos llegar a la estrella más cercana, pudiera ser, digo, que en ninguna otra parte exista esa cosa llamada dolor. Pero hacemos las leyes que pensamos que debemos tener... Porque, incluso aquí en la tierra, incluso entre los seres humanos, ¿existe el dolor?

Sacó una pequeña navaja de su bolsillo, mientras hablaba, abrió la hoja y movió su silla para que yo pudiera ver su muslo. Entonces, escogiendo el lugar cuidadosamente, se clavó la navaja en la pierna y la sacó.

—Seguro que ya ha visto esto antes. Duele menos que un pinchazo de alfiler. Pero ¿qué demuestra? La capacidad para sentir dolor no está en el músculo y no reside ahí; tampoco la necesita mucho la piel y solo en algunos puntos dispersos del muslo hay lugares capaces de sentir dolor. El dolor es simplemente nuestra alarma médica interior, que nos advierte y nos estimula. Toda la carne viva no es susceptible al dolor, ni todos sus nervios, ni siquiera todos los nervios sensoriales. Si usted daña el nervio óptico, lo único que consigue es que el individuo vea destellos de luz, igual que una dolencia del nervio auditivo solo significa un zumbido en nuestros oídos. Las plantas no sienten dolor; los animales inferiores... es posible que animales como la estrella de mar o los crustáceos no sientan dolor. En cuanto al hombre, cuanto más inteligente se vuelva, con más inteligencia buscará su propio bienestar y menos necesitará esa alarma que lo mantiene fuera de peligro. No sé de nada innecesario que no haya dejado de existir, gracias a la evolución, tarde o temprano. ¿No? Y el dolor es innecesario.

»Luego, yo soy un hombre religioso, Prendick, como cualquier hombre sensato debe serlo. Puede ser, sospecho, que yo conozca mejor que usted los caminos que siguió el Creador en este mundo... porque yo he investigado sus leyes, a mi manera, toda mi vida, mientras que usted, entiendo, ha estado coleccionando mariposas. Y una cosa le digo: el placer y el dolor no tienen nada que ver con el cielo o el infierno. El placer y el dolor... ¡bah! ¿Qué es el éxtasis de los teólogos sino una prueba de la misma ignorancia que la historia de las huríes de Mahoma? Esta obsesión que hombres y mujeres tienen en el placer y el dolor, Prendick, es la marca de la bestia, la marca de la bestia de la que proceden. ¡Dolor! Dolor y placer: los tenemos solo mientras nos revolcamos en el polvo...

»Verá, emprendí esta investigación y seguí el camino

por el que me llevó. Esa es la única manera que conozco de llevar a cabo una investigación. Planteé una cuestión, ideé un método para lograr una respuesta y obtuve... una nueva pregunta. ¿Es posible hacer esto o aquello? No puede ni imaginar lo que significa esto para un investigador, qué pasión intelectual arde en su interior. No puede ni imaginar el deleite excepcional e indescriptible de esas pasiones intelectuales. Entonces, lo que tiene delante ya no es un animal, una criatura semejante, sino un problema. El dolor empático... lo único que sé es que lo recuerdo como algo que solía perturbarme hace muchos años. Yo quería..., y eso era lo único que yo quería, descubrir los límites de la plasticidad de una forma viviente.

—Pero el resultado es una abominación... —protesté.

—Hasta el día de hoy nunca me he preocupado por la ética de este asunto. El estudio de la Naturaleza convierte al hombre en un ser tan despiadado como la propia Naturaleza. He hecho mi trabajo sin prestar atención a nada más que a la indagación que era mi objetivo y los resultados... se han ido amontonando en los cubiles que ya conoce... Hace casi once años que llegamos aquí: Montgomery, yo y seis canacos.[1] Recuerdo la verde quietud de la isla y el océano vacío a nuestro alrededor como si fuera ayer. Parecía que el lugar me estaba esperando.

»Desembarcamos los materiales y construimos la casa.

1. Los canacos o kanakas eran trabajadores (o esclavos) de las colonias insulares británicas (Fiyi, Islas Salomón, Vanuatu, Papúa Nueva Guinea, etcétera).

Los canacos montaron algunas cabañas cerca del barranco. Empecé a trabajar aquí con lo que traje conmigo. Ocurrieron algunas cosas desagradables al principio. Comencé con una oveja y la maté un día y medio después por un descuido con el bisturí; cogí otra oveja, le causé dolor y terror, y luego la dejé atada para que sanara; me pareció bastante humanitario por mi parte cuando acabé, pero cuando volví a buscarla me sentí muy insatisfecho: el animal se acordaba de mí y estaba aterrorizado más allá de lo imaginable, y eso que tenía el cerebro de una oveja. Cuanto más la observaba, más ridícula me parecía, así que puse fin a todas sus desgracias. Esos animales sin valor, esas criaturas aterrorizadas y nacidas para el dolor, sin una chispa de energía guerrera para hacer frente al tormento, no son buenas para crear hombres.

»Luego cogí a un gorila que traje conmigo, y sobre él, trabajando con infinito cuidado y superando dificultad tras dificultad, hice mi primer hombre. Toda una semana, día y noche, lo fui moldeando. Con él era principalmente el cerebro lo que necesitaba perfeccionarse; hubo que añadir muchas cosas, había mucho que cambiar. Cuando lo terminé, lo consideré un buen ejemplo del tipo negroide, y se quedó ahí tendido, vendado, atado e inmóvil delante de mí. Solo cuando estuve seguro de que viviría lo solté, y vine a esta sala y me encontré a Montgomery más o menos como usted. Había oído algunos gritos mientras lo convertía en hombre, gritos como aquellos que lo conmocionaron a usted también. No le conté todo lo que hacía al principio. Y los canacos también se habían dado cuenta de algo. Cuando me veían parecían completamente aterrorizados. Conseguí que Montgomery se pusiera de mi parte... en cierto modo, pero los dos tuvimos mucho trabajo intentando evitar que los canacos no desertaran. Al final algunos lo hicieron, y perdimos nuestro barco. Pasé muchos días educando a nuestro animal... en total creo que estuve con él tres o cuatro meses. Le enseñé los rudimentos del inglés, le di nociones de contar, e incluso conseguí que leyera el alfabeto. Pero en eso era muy lento... aunque he conocido retrasados que eran aún más lentos. Empezó, mentalmente, como si fuera una hoja en blanco: no quedaban recuerdos en su cerebro de lo que había sido. Cuando sus cicatrices curaron casi del todo, y ya no tenía más que un poco de dolor y rigidez, y era capaz de hablar un poco, lo llevé al poblado y se lo presenté a los canacos como un polizón recién llegado.

»Al principio, por alguna razón, le tenían un terror espantoso... lo cual me ofendió bastante, porque yo les había ocultado todo lo que estaba haciendo. Pero su comportamiento era tan manso y tan humilde que, después de algún tiempo, lo acogieron y se ocuparon de su educación. Era bastante hábil a la hora de aprender, muy imitativo y adaptable, y se construyó un refugio bastante mejor (eso me pareció a mí) que las cabañas de los canacos. Entre aquellos muchachos había uno que era una especie de misionero, que le enseñó a leer, o al menos a decir las letras, y le dio algunas nociones rudimentarias de moralidad, pero parece que las costumbres de la bestia no eran tan buenas como sería deseable.

»Estuve sin trabajar algunos días y pensé en escribir un relato de todo el proceso para despabilar a la fisiología inglesa. Entonces me encontré con mi criatura subida a un árbol y farfullando a dos canacos que habían estado burlándose de él. Lo amenacé, le dije que aquella conducta era completamente inhumana, desperté su sentido de la vergüenza y volví a casa decidido a mejorar mi trabajo antes de enviar un informe a Inglaterra. Y he mejorado bastante, pero, por alguna razón, las cosas vuelven a su cauce: la obstinada naturaleza animal persiste, día tras día, y vuelven a su origen... Pero creo que aún puedo hacerlo mejor. Tengo intención de conseguirlo. Ese puma...

»Pero esta es la historia. Todos los canacos murieron. Uno cayó por la borda de la lancha y otro murió de una herida en el talón que se infectó seguramente con alguna planta venenosa. Tres se fueron en nuestro barco y supongo (y espero) que se ahogaron. El otro fue... asesinado. Bueno, los he reemplazado a todos. Montgomery actuó al principio más o menos como usted, pero luego...

—¿Qué pasó con el otro? —interrumpí bruscamente—. ¿Qué pasó con el canaco que fue asesinado?

—El hecho es que... después de hacer una serie de criaturas humanizadas, hice otra... —titubeó.

—¿Sí? —dije.

—Lo mataron.

—No entiendo —contesté—. Quiere usted decir que...

—Mi hombre bestia mató al canaco... sí. Mató a otros animales humanizados que cazó. Estuvimos intentando apresarlo durante un par de días. Se soltó por accidente...

nunca quise dejarlo libre. No estaba acabado. Era sencillamente un experimento. Era un ser sin miembros y con un rostro horrible que se arrastraba por el suelo como una serpiente. Tenía una fuerza tremenda y el dolor que sentía lo enfurecía, y se movía por el agua ondulando y saltando para respirar. Estuvo acechando en los bosques durante algunos días, amenazando a todo aquel con el que se cruzaba, hasta que lo acorralamos; entonces se escabulló hacia la parte septentrional de la isla y nosotros nos dividimos para darle caza. Montgomery insistió en venir conmigo. El canaco tenía un rifle y, cuando encontramos su cuerpo, uno de los cañones estaba curvado en forma de S, y mordido... Montgomery le disparó... Y después me centré únicamente en el ideal de la humanidad... salvo en algunos casos menores.

El doctor Moreau se quedó en silencio. Yo permanecí también en silencio, observando su cara.

—Así que durante veinte años en total, contando los nueve de Inglaterra, he estado trabajando en esto y, sin embargo, aún hay algo en todo lo que hago que me supera, que me deja insatisfecho y me desafía a seguir esforzándome. A veces consigo mejorar, otras veces fracaso, pero siempre me quedo muy corto respecto a lo que sueño. Ya puedo conseguir la forma humana, casi con facilidad, de modo que sea ágil y esbelta, o robusta y fuerte; pero a veces tengo problemas con las manos y las garras: son cirugías muy dolorosas con las que no quiero arriesgarme demasiado. Pero es en los sutiles injertos y remodelaciones que hay que hacer en el cerebro donde residen todos mis problemas. A menudo la inteligencia de los ejemplares es inexplicablemente pobre, con innumerables espacios en blanco o vacíos insólitos. Y lo menos satisfactorio de todo es algo que no puedo manipular, algo que está en algún lugar, no he podido determinar dónde, en el centro de las emociones. Las pasiones, los instintos, los deseos que interfieren en la humanidad que pretendo conseguir, un extraño reservorio oculto siempre dispuesto a estallar y a inundar todo el ser de la criatura con ira, odio o miedo. Estas criaturas mías pueden parecer extrañas o inconcebibles cuando uno las observa al principio, pero para mí, justo después de hacerlas, me parecen seres indiscutiblemente humanos. Después, cuando las vuelvo a mirar, esa convicción se desvanece. Primero un rasgo animal, luego otro, van saliendo a la superficie y me desafían... Pero venceré. Cada vez que someto a una criatura viva a ese sufrimiento, me digo: «Esta vez consumiré todo su espíritu animal, esta vez crearé el ser racional que quiero». Al fin y al cabo, ¿qué son diez años? El hombre ha tardado cien mil años en crearse.

Se quedó pensando con gesto sombrío.

—Pero me estoy acercando. Ese puma...

Y tras un silencio, añadió:

—Y revierten. En cuanto aparto mis manos de ellos, la bestia vuelve a aflorar, empieza a imponerse de nuevo...

Hubo otro largo silencio.

—¿Y luego lleva usted a sus criaturas a aquellas guaridas? —pregunté.

—Van ellos solos. Los suelto cuando empiezo a percibir la bestia que hay en ellos y, al final, acaban yendo allí. Todos temen esta casa, y a mí. Aquello es una especie de parodia de la humanidad. Montgomery lo sabe, porque conoce lo que ocurre allí. Ha adiestrado a un par de ellos para que estén a nuestro servicio. Se avergüenza de eso, pero creo que aprecia, más o menos, a algunas de esas bestias. Es cosa suya, no mía. A mí solo me producen asco y una sensación de fracaso. No me interesan nada. Supongo que siguen al pie de la letra los dictados que el misionero canaco les marcó y tienen una especie de parodia de vida racional... ¡pobres bestias! Hay una cosa que llaman la Ley. Cantan himnos y dicen «Todo es tuyo». Se construyen sus guaridas, recolectan frutas y arrancan hierbas... incluso se casan. Pero puedo verlo claramente, yo veo en lo más profundo de sus almas, y veo que no hay nada más que almas de bestias, bestias condenadas a morir: ira, y todos los vicios de la vida para satisfacerse a sí mismos... Sin embargo, son raros... complejos, como todo ser vivo. Hay una especie de aspiración en ellos que en parte es vanidad, en parte restos de emoción sexual mal dirigida y en parte curiosidad inútil. Todo eso me parece una burla, hacia mí y hacia mi trabajo... Tengo alguna esperanza en el puma. He trabajado mucho en su cabeza y en su cerebro...

»Y ahora —añadió, incorporándose tras un largo silencio, durante el cual cada uno nos abismamos en nuestros pensamientos—, ¿qué piensa? ¿Aún tiene miedo de mí?

Lo contemplé y no vi más que a un hombre pálido y con el pelo blanco, con una mirada serena. Al ver su serenidad, aquel esbozo cuasi de belleza que resultaba de su tranquilidad y de su magnífica constitución, podría haber pasado desapercibido entre otros cien caballeros de buena posición. Entonces sentí un escalofrío. A modo de respuesta a su segunda pregunta, le entregué un revólver con ambas manos.

—Quédeselos —dijo, y reprimió un bostezo. Allí de pie, me miró durante unos instantes y sonrió—. Ha tenido un par de días ajetreados —añadió—. Le recomendaría que durmiera un poco. Me alegra que todo se haya aclarado. Buenas noches.

Me miró fijamente un momento y luego salió por la puerta interior. De inmediato cerré con llave la puerta exterior.

Me volví a sentar y me quedé allí durante un rato, en una especie de letargo, tan agotado emocional, mental y físicamente que no podía pensar más allá del punto en el que me había dejado. El ventanuco negro me miraba como un ojo. Al final, con un último esfuerzo, apagué la lámpara y me fui a la hamaca. Enseguida me quedé dormido.

CAPÍTULO 15

Sobre las bestias

Me desperté temprano. Aún tenía en la cabeza la explicación de Moreau, muy presente, clara y precisa, desde el momento en el que abrí los ojos. Dejé la hamaca y fui hasta la puerta para asegurarme de que estaba cerrada con llave. Luego me acerqué a la ventana y confirmé que el barrote era seguro. Que aquellas criaturas parecidas a hombres fueran en realidad solo monstruos bestiales, simples remedos grotescos de seres humanos, me llenaba de una vaga incertidumbre sobre lo que podrían hacer, y eso era mucho peor que cualquier temor concreto. Alguien dio unos golpecitos en la puerta. Oí la voz gutural de M'ling. Guardé uno de los revólveres en el bolsillo (con una mano siempre dispuesta) y le abrí.

—Buenos días, señor —dijo, y entró trayendo, junto al habitual desayuno vegetal, un conejo mal cocinado.

Montgomery entró tras él. Su mirada perspicaz enseguida descubrió dónde tenía yo el arma, y dejó escapar una sonrisa de medio lado.

Ese día el puma estaba descansando para curarse; pero Moreau, que era excepcionalmente solitario en sus costumbres, no quiso acompañarnos. Hablé con Montgomery para aclarar mis ideas sobre el modo de vivir de las bestias. En concreto, me parecía urgente saber cómo Moreau y Montgomery conseguían mantener a raya a aquellos monstruos inhumanos y evitaban que se abalanzasen sobre ellos, o que se despedazaran unos a otros.

Me explicó que la relativa seguridad en la que vivían él y Moreau se debía al limitado alcance mental de aquellos monstruos. A pesar de haber incrementado su inteligencia y a pesar de la tendencia de sus instintos naturales a reactivarse, tenían ciertas «ideas fijas» que Moreau había implantado en sus cerebros, que limitaban definitivamente sus razonamientos. En realidad estaban como hipnotizados: se les había dicho que ciertas cosas eran imposibles, que ciertas cosas no podían hacerse, y esas prohibiciones estaban imbricadas en su tejido cerebral, lo cual imposibilitaba por completo la desobediencia o el enfrentamiento. Ciertos asuntos, sin embargo, en los cuales los viejos instintos entraban en contradicción con los intereses de Moreau, eran menos estables. Las propuestas denominadas «la Ley» —ya había oído cómo la recitaban— luchaban en sus cerebros con los íntimos deseos, siempre rebeldes, de su naturaleza animal. Supe que aquella Ley que no hacían más que repetir también la infringían constantemente. Tanto Montgomery como Moreau se habían esforzado en conseguir que no conocieran el sabor de la sangre. Temían las inevitables consecuencias que suscitaría aquello.

Montgomery me dijo que la Ley, especialmente entre las bestias felinas, perdía su fuerza sobre todo al anochecer;

al parecer, el instinto animal estaba a esa hora en su punto álgido; un espíritu de aventura se adueñaba de ellos al ponerse el sol; se atrevían a hacer cosas que ni siquiera soñaban durante el día. Atribuí a eso el hecho de que el hombre leopardo me acechara la noche que llegué a la isla. Pero durante los primeros días de mi estancia allí solo rompieron la Ley furtivamente, y siempre de noche; a la luz del día había una atmósfera general de respeto por sus numerosas prohibiciones.

En este punto, tal vez pueda ofrecer algunos datos generales sobre la isla y aquella tribu de bestias humanizadas. La isla, que tenía un contorno irregular y se encontraba en mar abierto, contaba con un área total —calculo— de dieciocho o veinte kilómetros cuadrados.* Su origen era volcánico y, en tres de sus lados, estaba bordeada por arrecifes de coral. Los únicos vestigios de las fuerzas geológicas que la habían formado mucho tiempo atrás eran algunas fumarolas en el norte y un manantial de agua caliente. De vez en cuando se hacía sentir un leve temblor o terremoto, y en alguna ocasión la columna de humo se alteraba y se agitaba por ocasionales bocanadas de vapor. Pero eso era todo. La población de la isla, según me informó Montgomery, ahora alcanzaba poco más de sesenta de aquellas extrañas creaciones del doctor Moreau, sin contar unas monstruosidades más pequeñas que vivían entre la maleza y no tenían forma humana. En total, el doctor había crea-

* La descripción se corresponde, en todos sus extremos, con la Isla Noble. *(Nota del autor.)*

do casi unos ciento veinte seres, pero muchos habían muerto; y otros, como el monstruo sin pies que reptaba, del que él me había hablado, habían tenido finales violentos. En contestación a mis preguntas, Montgomery dijo que efectivamente tenían crías, pero que por lo general morían. No había pruebas de que hubieran heredado las características humanas implantadas. Si llegaban a sobrevivir, Moreau las cogía y les daba también forma humana. Las hembras eran menos numerosas que los machos, y estaban sometidas a constantes persecuciones furtivas a pesar de la monogamia que establecía la Ley.

Me resultaría imposible describir a esos monstruos bestiales con precisión, no estoy acostumbrado a fijarme en los detalles y, desafortunadamente, no sé dibujar. Lo más llamativo, tal vez, de la apariencia general de esas criaturas era la desproporción entre las piernas y la longitud de sus torsos; y, sin embargo —así de relativa es nuestra idea de la belleza—, mi ojo acabó acostumbrándose a sus formas, y al final incluso terminé convenciéndome de que mis propios miembros eran torpes y desgarbados. Otro detalle era que tenían la cabeza como alargada hacia delante, y una columna vertebral torpe y con una curvatura inhumana. Incluso el hombre mono carecía de esa curva sinuosa y hacia dentro que hace que la figura humana resulte tan grácil. La mayoría tenía los hombros encorvados y encogidos, y sus antebrazos, muy cortos, colgaban flácidos a los costados. Pocos de ellos eran claramente peludos... al menos mientras yo estuve en la isla.

La siguiente deformidad más evidente estaba en sus

caras, porque casi todos eran prognatos, con malformaciones en las orejas, y con narices grandes y protuberantes, y con el pelo muy lanudo o muy hirsuto, y a menudo con ojos de tonalidades muy raras o colocados de un modo extraño. Ninguno era capaz de reír, aunque el hombre mono tenía una especie de risilla chillona. Aparte de estas características generales, sus cabezas tenían poco en común; cada uno conservaba los rasgos de su especie particular: los rasgos humanos distorsionaban pero no ocultaban los del leopardo, el buey, el cerdo u otros animales, a partir de los cuales se habían formado esas criaturas. Las voces también eran muy distintas. Las manos siempre tenían malformaciones y, aunque algunas me sorprendían por su inesperada humanidad, casi todas tenían menos dedos, además de deformidades en torno a las uñas, y carecían de sensibilidad táctil.

Los dos animales humanos más imponentes eran el hombre leopardo y una criatura confeccionada a partir de una hiena y una cerda. Más robustas eran las tres criaturas bovinas que arrastraron el bote grande a la playa. Luego también estaba el hombre del pelo plateado, que era el que dictaba la Ley, y M'ling, y una criatura hecha con un mono y una cabra con aspecto de sátiro. Había tres hombres cerdo y una mujer cerda, una criatura a medias entre una yegua y un rinoceronte, y varias hembras más cuyos animales originales no acerté a descubrir. Había criaturas nacidas de lobos, una confeccionada con un oso y un toro, y un hombre hecho con un perro San Bernardo. Ya he descrito al hombre mono, y había una vieja particularmente asquerosa (y que apestaba) hecha de una zorra y un oso, a la que odié desde el principio. Decía ser una ferviente devota de la Ley. Entre las criaturas más pequeñas estaban algunas crías moteadas y el pequeño perezoso despellejado que mencioné. ¡Pero basta ya de este catálogo!

Al principio aquellas bestias me producían un terror escalofriante, porque sentía muy evidentemente que eran aún animales, pero poco a poco me fui acostumbrando a ellas, y, además, supongo que me influyó la actitud que Montgomery tenía hacia ellas. Había estado tanto tiempo conviviendo con aquellos engendros que había llegado a considerarlos casi como seres humanos normales: sus días en Londres se habían convertido en un recuerdo irrecuperable. Iba solo una vez al año, más o menos, a Arica para negociar con el agente de Moreau, un tratante de animales. Difícilmente se topaba con el tipo más elegante de seres humanos en ese pueblo marinero lleno de mestizos españoles. Los hombres de los barcos, me dijo, le parecían al principio tan extraños como las monstruosidades del doctor Moreau lo habían sido para mí: con las piernas de una longitud antinatural, la cara plana, la frente prominente, suspicaces, peligrosos e implacables. De hecho, no le gustaban las personas. Su corazón se había sentido inclinado a protegerme, me dijo, solo porque me había salvado la vida.

Llegué a sospechar que tenía una especie de amabilidad disimulada hacia algunas de aquellas bestias metamorfoseadas, una simpatía culpable por algunas de sus costumbres, pero que había procurado ocultarme al principio.

M'ling, el hombre de la cara negra, su ayudante, el primer engendro que conocí, no vivía con el resto al otro lado de la isla, sino en una pequeña perrera en la parte de atrás del recinto amurallado. La criatura apenas era más inteligente que el hombre mono, pero desde luego era más dócil, y tenía la apariencia más humana de todas las bestias humanas, y Montgomery lo había adiestrado para que cocinara y, en fin, para que realizara todas las pequeñas tareas domésticas. Era un raro triunfo del talento del doctor Moreau: un oso, con trazas de perro y buey, y una de sus criaturas más complejas y elaboradas. El engendro trataba a Montgomery con una extraña delicadeza y devoción; a veces él le dedicaba una mirada, lo acariciaba, o lo llamaba con nombres graciosos, o burlones, y él saltaba y disfrutaba con indecible alegría; otras veces lo maltrataba, sobre todo después de beber whisky, y le daba patadas, lo apaleaba, lo apedreaba, o le tiraba palos o cerillas encendidas. Pero, lo tratara bien o mal, a la pobre bestia nada le gustaba tanto como estar cerca de Montgomery.

Repito que llegué a acostumbrarme a aquellos animales humanizados: mil cosas que me habían parecido antinaturales y repulsivas rápidamente empezaron a resultarme naturales y habituales. Supongo que todo en la vida adquiere el color del tono común de lo que nos rodea: Montgomery y Moreau eran demasiado peculiares y especiales como para que yo pudiera conservar mi idea de humanidad bien definida. Veía a una de aquellas torpes criaturas bovinas, que habían estado en la lancha, remoloneando con lentitud entre la maleza, y me preguntaba —intentando recordar— en qué se diferenciaba de algunos campesinos realmente humanos que regresan a casa tras sus labores habituales; o me encontraba con la cara aviesa y vulpina de la mujer engendrada a partir de una zorra y un oso, extrañamente humana en su astucia ladina, y casi estaba a punto de creer que había visto aquella cara en algún sucio callejón de Londres.

Sin embargo, la bestialidad de aquellas criaturas resultaba indiscutible, más allá de cualquier duda o negación. De repente, un hombre de aspecto horrendo, un humano salvaje jorobado, en cuclillas ante la abertura de un cubil, se estiraba y bostezaba, mostrando con amenazante brusquedad sus incisivos afilados como tijeras y unos caninos como sables, puntiagudos y brillantes como cuchillos. O, de repente, en un sendero estrecho, se me ocurría mirar con curiosidad a los ojos de alguna figura femenina, envuelta en vendajes blancos, y veía (con espasmódica repulsión) que tenía las pupilas rasgadas o, mirando su cuerpo, notaba la uña en forma de garra con que se sujetaba la tela informe con que se envolvía. Es muy curioso, por cierto —y soy incapaz de explicarlo—, que todas esas extrañas criaturas —las femeninas, quiero decir— tuvieran en los primeros días de mi estancia un sentimiento instintivo de su propia y repulsiva deformidad, y quisieran mostrar, en consecuencia, una consideración perfectamente humana por la decencia y el decoro de sus vestiduras.

CAPÍTULO 16

Las bestias prueban el sabor de la sangre

Pero mi inexperiencia como escritor me traiciona y me aparto del hilo de la historia. Después de desayunar con Montgomery, me llevó al otro lado de la isla para ver la fumarola y la fuente termal, en cuyas aguas calientes me había metido yo el día anterior. Los dos llevábamos látigos y revólveres cargados. Mientras atravesábamos una jungla densa, de camino a aquella parte, oímos el chillido de un conejo. Nos detuvimos y escuchamos atentamente, pero no pudimos oír nada más, así que seguimos nuestro camino y nos olvidamos del incidente. Montgomery llamó mi atención sobre unos animalillos rosados con unas patas traseras larguiruchas que saltaban entre la maleza. Me dijo que eran criaturas confeccionadas a partir de crías de las bestias y que las había inventado Moreau. Había supuesto que podrían servir como alimento, pero la costumbre, propia de los conejos, de devorar a sus crías había arruinado su plan. Yo ya me había topado con algunas de esas criaturas, una vez durante mi huida nocturna del hombre leopardo y de nuevo durante la persecución del doctor Moreau, el día anterior. Casualmente, uno de aquellos bichos saltó para evitarnos e intentó meterse en un agujero formado entre las raíces de un árbol arrancado por el viento. Antes de que pudiera huir, lo cazamos. Bufó como un gato, arañaba y pataleaba ferozmente con sus patas traseras, e intentó mordernos, pero sus dientes eran demasiado débiles para infligir más que un leve e indoloro pinchazo. Me pareció una criatura bastante curiosa y, mientras Montgomery decía que nunca estropeaba la hierba escarbando y que era muy limpio en sus costumbres, yo me imaginé que podría resultar un sustituto muy adecuado del conejo común en los parques privados de los caballeros ingleses.

También vimos por el camino el tronco de un árbol destrozado, con la corteza arrancada a tiras, y profundamente astillado. Montgomery me llamó la atención sobre aquello.

—No afilar las garras en los árboles: esta es la Ley —dijo—. ¡Así la respetan algunos!

Después de aquello, creo, fue cuando nos encontramos al sátiro y al hombre mono. El sátiro era un recuerdo de la educación clasicista del doctor Moreau: tenía una cara con expresión caprina, como el tipo hebreo más tosco, su voz era un áspero balido y sus extremidades inferiores eran satánicas. Estaba mordisqueando la cáscara de una fruta, como una especie de vaina, cuando pasamos a su lado. Ambos saludaron a Montgomery.

—¡Hola al Otro con Látigo! —dijeron.

—Ahora hay un Tercero con Látigo —dijo Montgomery—. ¡Así que más os vale andar con cuidado!

—¿Él no está hecho? —dijo el hombre mono—. Él dijo... él dijo que estaba hecho.

El sátiro me miró con curiosidad.

—El Tercero con Látigo, el que camina llorando en el mar, tiene la cara blanca y delgada.

—Tiene un látigo largo y fino también —dijo Montgomery.

—Ayer sangraba y lloraba —dijo el sátiro—. Tú nunca sangras ni lloras. El Amo no sangra ni llora.

—¡Condenado ollendorfiano![1] —exclamó Montgomery—. Tú sí que vas a sangrar y llorar como no te andes con ojo.

—Tiene cinco dedos. Es un hombre de cinco como yo —dijo el hombre mono.

—Vamos, Prendick —dijo Montgomery, cogiéndome del brazo, y seguí avanzando con él.

El sátiro y el hombre mono se quedaron mirándonos y hablando.

—No dice nada —apuntó el sátiro—. Los hombres tienen voces.

—Ayer me pidió cosas para comer —dijo el hombre mono—. No sabe.

Luego siguieron diciendo cosas que ya no pude distinguir, pero oí reírse al sátiro.

Fue en el camino de regreso cuando nos encontra-

1. Se refiere a Heinrich G. Ollendorff (1803-1865), gramático y lingüista alemán, autor de una guía para la enseñanza de las lenguas. Montgomery amenaza al sátiro por su manera afectada de hablar.

mos el conejo muerto. El cuerpo ensangrentado del pequeño animalillo estaba hecho pedazos, muchas de las costillas estaban peladas y el espinazo, indiscutiblemente, había sido mordisqueado.

Montgomery se detuvo al verlo.

—¡Santo Dios! —exclamó, agachándose y cogiendo algunas vértebras aplastadas para examinarlas más de cerca—. ¡Santo Dios! —repitió—, pero ¿qué es esto?

—Algunos de sus carnívoros han recordado sus viejas costumbres —dije tras un silencio—. Han estado devorando ese espinazo.

Se quedó observando detenidamente, con la cara pálida y mordiéndose el labio.

—Esto no me gusta —dijo en voz baja.

—Yo he visto algo parecido —le dije—, el primer día.

—¡No puede ser! ¿Qué vio?

—Un conejo con la cabeza arrancada.

—¿El día que llegó aquí?

—El día que llegué. Entre la maleza, detrás del edificio, cuando salí al atardecer. La cabeza estaba totalmente desgarrada.

Montgomery dejó escapar un largo y tenue silbido.

—Es más: creo que sé cuál de los engendros lo hizo. Es solo una sospecha, ya sabe. Antes de encontrarme con el conejo vi a uno de los monstruos bebiendo en el arroyo.

—¿Sorbiendo el agua directamente del arroyo?

—Sí.

—No sorberás agua del arroyo: esta es la Ley. Así respetan la Ley estas bestias, ¿eh?, cuando Moreau no está delante.

—Fue el que me persiguió.

—Claro —dijo Montgomery—. Así se comportan los carnívoros. Después de matar, beben. Es el sabor de la sangre, ya sabe. ¿Cómo era? —preguntó—. ¿Lo reconocería si lo viera otra vez?

Miró a nuestro alrededor y pasó por encima del amasijo del conejo muerto; sus ojos escrutaron las sombras y la densa vegetación, los escondrijos del bosque que nos rodeaba, donde nos podían acechar y tender una emboscada.

—El sabor de la sangre —repitió.

Sacó su revólver, comprobó que estaba cargado y volvió a cerrar el tambor. Luego empezó a morderse el labio inferior.

—Creo que reconocería a ese animal. Lo dejé sin sentido. Debe de tener una buena herida en la frente.

—Entonces tendremos que demostrar que mató ese conejo —dijo Montgomery—. Ojalá nunca hubiera traído a esos animales aquí.

Yo continué, pero él se quedó allí, pensando en el conejo destrozado con un gesto de desconcierto. Al final me adelanté tanto que los restos del conejo ya ni siquiera se veían.

—¡Vamos! —exclamé.

Poco a poco Montgomery volvió en sí y siguió mis pasos.

—Verá... —dijo, casi con un susurro—, se supone que tienen inoculada una idea fija para no comer nada que camine sobre la tierra. Si alguna de las bestias ha probado la sangre por casualidad...

Continuamos durante un rato en silencio.

—No sé qué puede haber ocurrido —se decía. Y luego, tras un silencio, volvía a lo mismo—: Hice una tontería el otro día. Ese criado mío... le enseñé a despellejar y a cocinar un conejo. Es raro... le vi lamiéndose las manos... Nunca se me ocurrió pensar que... —Al final tomó una decisión—: Tenemos que acabar con esto. Debo decírselo al doctor Moreau.

No pudo pensar en nada más durante todo el trayecto de regreso.

Moreau se tomó el asunto aún con más preocupación que Montgomery y no será necesario decir que me contagió la evidente inquietud de ambos.

—Debemos darle un castigo ejemplar —dijo Moreau—. No tengo la menor duda de que el responsable ha sido el hombre leopardo. Pero ¿cómo podemos demostrarlo? Ojalá te hubieras guardado para ti ese gusto por la carne, Montgomery, y hubieras prescindido de esas innovaciones tan emocionantes. Puede que acabemos teniendo graves problemas por tu culpa.

—Cometí una estupidez —dijo Montgomery—. Pero lo hecho hecho está. Además, usted dijo que podía hacerlo.

—Tenemos que solucionar el asunto de inmediato —dijo Moreau—. Si pasa algo, ¿podemos fiarnos de M'ling?

—No estoy seguro de M'ling —dijo Montgomery—. Aunque supongo que debería saberlo.

Por la tarde, Moreau, Montgomery, yo y M'ling cruzamos la isla hasta las guaridas del barranco. Los tres íbamos armados. M'ling llevaba el pequeño machete que utilizaba para cortar leña y unas bobinas de alambre. Moreau llevaba un enorme cuerno de pastor colgado al hombro.

—Va usted a asistir a una gran asamblea de las bestias —dijo Montgomery—. Algo digno de ver.

Moreau no dijo ni una palabra en todo el camino, pero el gesto grave de su rostro blanquecino era sombrío.

Cruzamos el barranco y bajamos hasta el arroyo humeante de agua caliente, y luego seguimos un camino serpenteante por un cañaveral hasta que llegamos a una explanada cubierta con una gruesa capa de polvo amarillento; creo que era azufre. Por encima de un terraplén lleno de maleza, el mar brillaba. Nos encontrábamos en una especie de hondonada, un anfiteatro natural, y allí nos detuvimos los cuatro. Entonces Moreau hizo sonar el cuerno y se quebró la soñolienta quietud de la tarde tropical. Debía de tener buenos pulmones. El bocinazo aumentó paulatinamente con sus propios ecos hasta alcanzar una intensidad penetrante.

—¡Ah! —exclamó Moreau, dejando caer a su lado el curvado instrumento.

Inmediatamente se oyeron crujidos entre las cañas amarillas y una barahúnda de voces procedentes de la verde densidad de la jungla que delimitaba el pantano por el que yo había huido el día anterior. Luego, en tres o cuatro lugares, en el borde de la explanada sulfurosa fueron apareciendo las grotescas figuras de las bestias humanas, que se apresuraban hasta donde nos encontrábamos. No pude evitar sentir un estremecimiento de horror al ver cómo se acercaban una tras otra, desde los árboles y desde el cañaveral, arrastrando los pies por el polvo abrasivo y ardiente. Pero Moreau y Montgomery permanecieron impasiblemente tranquilos, y, desde luego, me quedé a su lado. El primero en llegar fue el sátiro, extrañamente irreal, por mucho que proyectara sombra y levantara polvo de azufre con sus pezuñas; tras él, desde la quebrada, apareció un monstruoso engendro, una cosa que estaba a mitad de camino entre un caballo y un rinoceronte, rumiando unas pajas mientras se acercaba; y entonces apareció la mujer cerda y dos lobas humanas; después la bruja nacida de un oso y una zorra, con sus ojos rojos clavados en aquella cara rojiza y afilada, y luego otros... todos apresurándose nerviosos. A medida que iban llegando, iban agachando la cabeza delante de Moreau y cantaban, sin seguirse unos a otros, fragmentos de la última parte de la letanía de la Ley: «Suya es la Mano que hiere, suya es la Mano que cura», y todo aquello.

En cuanto se acercaron a una distancia de unos treinta metros, se detuvieron, empezaron a hacer reverencias y a arrodillarse, y se arrojaban el polvo blanquecino por la cabeza. ¡Imagínese el lector la escena si puede! Nosotros tres, hombres vestidos de azul, con nuestro ayudante de cara negra, de pie en una amplia explanada de polvo amarillento ardiendo por el sol, bajo un deslumbrante cielo azul, y rodeados por ese grupo de monstruosidades sumisas que gesticulaban y nos veneraban; algunos eran casi humanos, salvo por sus sutiles expresiones y gestos; otros estaban contrahechos y algunos tenían unas hechuras tan extrañamente deformes que no recordaban más que a los moradores de nuestras peores pesadillas. Y al fondo, los bordes llenos de juncos del cañaveral por un lado, la densa maraña de palmeras por el otro, separándonos del barranco de las guaridas, y, por el norte, el brumoso horizonte del océano Pacífico.

—Sesenta y dos, sesenta y tres... —contaba Moreau—. Hay cuatro más.

—No veo al hombre leopardo —dije.

Al final, Moreau hizo sonar el cuerno otra vez, y el sonido hizo que todas las bestias se estremecieran y se revolcaran en el polvo. Entonces, saliendo furtivamente del cañaveral, agazapado contra el suelo, e intentando unirse al círculo polvoriento por detrás del doctor Moreau, apareció el hombre leopardo. Comprobé que tenía una herida en la frente. El último en llegar fue el pequeño hombre mono. Los anteriores, acalorados y hartos de revolcarse por el azufre, le lanzaron miradas amenazadoras.

—¡Basta ya! —dijo Moreau, con una voz fuerte y firme, y todos aquellos engendros se sentaron y dejaron de hacer reverencias.

»¿Dónde está el que dicta la Ley? —preguntó Moreau, y el monstruo del pelo gris hizo una reverencia contra el polvo—. Di las palabras —le ordenó, e inmediatamente, todos en la asamblea, de rodillas, balanceándose de un lado a otro y arrojando azufre con las manos, primero a la derecha una nube de polvo, y luego a la izquierda, empezaron una vez más a entonar su extraña letanía.

Cuando llegaron al mandamiento de «No comerás carne ni pescado: esta es la Ley», Moreau levantó la mano, blanca y delicada.

—¡Alto! —exclamó, y se hizo un silencio absoluto.

Creo que todos sabían y temían lo que iba a pasar a continuación. Miré sus extraños rostros, todos en derredor. Cuando vi sus muecas de dolor y su miedo profundo en sus ojos brillantes, me pregunté cómo había podido pensar en algún momento que aquellos seres eran hombres.

—Se ha quebrantado la Ley —dijo Moreau.

—Nadie escapa —murmuró la criatura sin rostro con el pelo plateado.

—Nadie escapa —repitieron todas las bestias arrodilladas en círculo.

—¿Quién ha sido? —gritó Moreau, y miró las caras que tenía a su alrededor, haciendo restallar su látigo.

Me dio la impresión de que la hiena porcina parecía abatida, y también el hombre leopardo. Moreau se detuvo y observó a esta criatura, que se encogía ante él con el recuerdo de un tormento infinito.

—¿Quién ha sido? —repitió Moreau, con una voz atronadora.

—Malvado es el que quebranta la Ley —canturreó el que dictaba la Ley.

Moreau miró directamente a los ojos del hombre leopardo y dio la impresión de que le estuviera arrancando el alma a la criatura.

—El que infringe la Ley... —dijo Moreau, apartando la vista de su víctima y volviéndose hacia nosotros.

Me pareció que había un toque de locura triunfal en su voz.

—... volverá a la Mansión del Dolor —clamaron todos—. ¡Volverá a la Mansión del Dolor, oh, Amo!

—Volverá a la Mansión del Dolor... volverá a la Mansión del Dolor —farfulló el hombre mono, como si la idea le resultara agradable.

—¿Has oído? —dijo Moreau, volviendo a mirar de frente al criminal—, querido amig... ¿Qué?

El hombre leopardo, mientras Moreau no lo estaba mirando, se había puesto en pie y, ahora, con los ojos encendidos y con aquellos enormes colmillos felinos brillando bajo los labios curvados, saltó hacia su torturador. Estoy convencido de que solo la locura o un insoportable miedo pudo haber suscitado semejante ataque. La asamblea entera de sesenta monstruos pareció levantarse alrededor. Saqué mi revólver. El doctor y su criatura se enfrentaron. Vi cómo Moreau retrocedía ante el empujón del hombre leopardo. Hubo un feroz griterío y grandes aullidos. Todo el mundo se movía de un lado para otro. Por un momento pensé que aquello era una revolución.

El rostro furioso del hombre leopardo pasó junto a mí, con M'ling persiguiéndolo de cerca. Vi los ojos amarillos de la hiena porcina deslumbrantes de emoción: su actitud era como si estuviera casi decidida a atacarme. El sátiro también me observaba por encima de los hombros contrahechos de la hiena. Oí el disparo de la pistola de

Moreau y vi el fogonazo rojizo en mitad del tumulto. Todos los engendros se volvieron hacia el estallido de fuego y yo también me dejé arrastrar por el magnetismo de aquel movimiento. No pasó ni un segundo y ya estaba corriendo, como uno más en medio del griterío de la tumultuosa barahúnda, persiguiendo al hombre leopardo que escapaba.

Eso es lo único que puedo decir con seguridad. Vi cómo el leopardo golpeaba a Moreau, y luego todo empezó a girar a mi alrededor y empecé a correr con todos.

M'ling iba en cabeza, pisándole los talones al fugitivo. Detrás, ya con la lengua fuera, corrían las mujeres lobo a grandes zancadas. Los cerdos iban detrás, chillando de emoción, y los dos hombres toro con sus vendajes blancos. También venía Moreau, entre un grupo de bestias: su sombrero de paja de ala ancha había volado, pero traía el revólver en la mano y el pelo blanco y lacio ondeando al viento. La hiena porcina corría a mi lado: iba al mismo ritmo y me miraba de reojo con su aire felino, y el resto venía detrás de nosotros, chillando y gritando.

El hombre leopardo se iba abriendo paso a través de las altas cañas, que retrocedían como muelles cuando pasaba y golpeaban en la cara a M'ling. Los que íbamos detrás ya encontrábamos una especie de sendero pisoteado hasta que llegamos a los matorrales. La caza prosiguió por la maleza durante unos quinientos metros, hasta que salimos a una densa espesura, que impedía en gran medida que nos pudiéramos mover con agilidad, aunque la atravesamos como una estampida: las ramas nos golpeaban la cara, las enredaderas nos cortaban bajo la barbilla o se enmarañaban alrededor de los tobillos, y las plantas espinosas se clavaban y desgarraban la ropa y la piel al mismo tiempo.

—Ha huido a cuatro patas por ahí —jadeó Moreau, ahora justo delante de mí.

—Nadie escapa —dijo un lobo úrsido, riéndose en mi cara con la excitación de la caza.

Salimos al final a un roquedal y vimos a nuestra presa más adelante, corriendo ligera a cuatro patas y gruñéndonos por encima del hombro. Entonces, los lobos humanos aullaron con deleite. La presa aún iba vestida y, en la distancia, su cara todavía parecía humana, pero el movimiento de sus miembros era felino, y el tímido encogimiento de sus hombros delataba a las claras a un animal acosado. Saltó por encima de unos arbustos espinosos de flores amarillas y se escondió. M'ling se encontraba a medio camino.

La mayoría de nosotros ya no íbamos tan deprisa como al principio, y habíamos adoptado una zancada más larga y constante. Vi, cuando cruzábamos el espacio abierto, que la persecución, que había nacido en tropel, se había convertido en una fila india. La hiena porcina aún corría cerca de mí, mirándome mientras corría, y de vez en cuando fruncía el hocico, con un gruñido y una risa inquietante.

En el borde del roquedal, el hombre leopardo se dio cuenta de que se estaba acercando al risco marino por el que me había estado acechando la noche de mi llegada, así que se escondió entre la maleza. Pero Montgomery había visto la maniobra y fue tras él.

Entonces jadeando, tropezando con las piedras, arañado por las zarzas, tropezando con helechos y cañas, contribuí a la caza del hombre leopardo, que había quebrantado la Ley, con la hiena porcina riéndose con gesto salvaje a mi lado. Continué agotado y tambaleándome, con la cabeza dándome vueltas y el corazón latiéndome contra las costillas, mortalmente cansado: sin embargo, no me atreví a perder de vista a los demás, por miedo a quedarme solo con aquella horrible compañera. Seguí corriendo y tambaleándome, a pesar de la fatiga infinita y el asfixiante calor de la tarde tropical.

Al final, la furia de la caza se fue calmando. Habíamos acorralado a la desdichada bestia en un rincón de la isla. Moreau, látigo en mano, nos ordenó a todos en una fila irregular y así fuimos avanzando, ahora lentamente, gritándonos unos a otros mientras marchábamos y estrechando el cerco sobre nuestra víctima. Él acechaba, silencioso e invisible, entre los arbustos por los que yo mismo había huido de él durante la persecución de aquella noche.

—¡Despacio! —gritó Moreau—. ¡Despacio!

Los extremos del cerco rodeaban una maraña de maleza y acorralaban al animal.

—¡Cuidado, ya lo tenemos! —se oyó decir a Montgomery desde detrás de los arbustos.

Yo estaba en la cuesta, por encima de los matorrales. Montgomery y Moreau lo rodeaban por la playa de abajo.

Lentamente nos fuimos adentrando en la enmarañada red de ramas y hojas. La presa no se movía.

—¡Volverá a la Mansión del Dolor, la Mansión del Dolor, la Mansión del Dolor! —chillaba el hombre mono, a unos veinte metros a la derecha.

Cuando le oí decir aquello, perdoné al pobre desgraciado todo el miedo que me había inspirado.

Oí un chasquido de ramas y el susurro de las hojas al apartarse cuando el caballo rinoceronte avanzó lentamente a mi derecha. Entonces, de repente, a través de un hueco de plantas, en la semioscuridad de la lujuriante vegetación, vi al animal que estábamos intentando cazar. Me detuve. Estaba agazapado en un recoveco mínimo y sus luminosos ojos verdes se giraron para mirarme.

Puede parecer una contradicción por mi parte —y soy incapaz de explicarlo—, pero en ese momento, al ver a la criatura allí, en una actitud perfectamente animal, con aquella luz brillante en sus ojos y su imperfecto rostro humano desfigurado por el miedo, fui muy consciente de nuevo de su humanidad. Los demás perseguidores no tardarían en encontrarlo, y lo doblegarían y capturarían, para experimentar una vez más espantosas torturas en el recinto del doctor Moreau. Violentamente, saqué mi revólver, apunté entre sus ojos aterrorizados y disparé.

Enseguida, la hiena porcina vio a la bestia muerta y saltó sobre ella con un grito desesperado y le clavó sus dientes codiciosos en el cuello. A mi alrededor, los arbustos y la vegetación se movían y se quebraban a medida que todas las bestias se acercaban apresuradamente. Las caras deformes fueron apareciendo, una tras otra.

—¡No lo mates, Prendick! —gritó Moreau—. ¡No lo mates! —Y lo vi avanzar mientras apartaba el denso follaje de grandes helechos.

Un instante después empujaba con el mango de su látigo a la hiena porcina y él y Montgomery alejaban a los excitados carnívoros del grupo de bestias, sobre todo a M'ling, impidiendo que se acercaran al cadáver aún tembloroso. El engendro del pelo gris se arrimó a olisquear el cuerpo por debajo de mi brazo. Las otras bestias, dominadas por su curiosidad animal, me empujaban para poder verlo de cerca.

—¡Maldita sea, Prendick! —exclamó Moreau—. ¡Lo quería vivo!

—Lo siento —le dije, aunque no era verdad—. Fue un impulso momentáneo.

Me sentía mareado por el agotamiento y las emociones. Me di media vuelta, me abrí paso entre aquella caterva de bestias y subí solo la cuesta hasta la parte más alta del promontorio. Por las órdenes que estaba dando a gritos Moreau, supe que los tres hombres toro vestidos con harapos blancos estaban bajando el cadáver hasta la playa.

En esos momentos preferí estar solo. Los engendros manifestaban una curiosidad bastante humana por el cadáver y siguieron la comitiva apiñados, olisqueándolo y gruñendo mientras los hombres toro lo bajaban a la playa. Llegué al promontorio y observé a los toros humanos, unas siluetas negras recortadas en el cielo del atardecer, mientras introducían el pesado cadáver mar adentro y, con una inapelable certeza, me di cuenta de la indescriptible inutilidad de todo lo que estaba ocurriendo en la isla. En la playa, entre las rocas que había allí abajo, estaban el hombre mono, la hiena porcina y muchos otros engendros rodeando a Montgomery y a Moreau. Todos ellos estaban aún muy excitados y proclamaban ruidosamente su fervorosa lealtad a la Ley. Sin embargo, yo tenía la absoluta seguridad de que la hiena porcina había estado implicada en la matanza del conejo. Tuve la extraña convicción de que, salvo por la deformidad de las figuras y lo grotesco de los individuos, tenía delante de mí todo el panorama de la vida humana en miniatura, todas las reacciones instintivas, la razón, y el destino, en su forma más sencilla. Al hombre leopardo le había tocado perder. Esa era la única diferencia.

¡Pobres animales! Comencé a vislumbrar la parte más infame de la crueldad de Moreau. Antes no se me había ocurrido pensar en el dolor y el sufrimiento que padecían aquellas pobres víctimas después de pasar por las manos de Moreau. Solo me habían estremecido los días en los que sufrían los tormentos del laboratorio. Pero ahora esa me parecía la parte más leve. Esos seres habían sido animales, sus instintos estaban adaptados a su entorno y eran tan felices como lo puede ser cualquier ser vivo. Ahora se veían maniatados por las cadenas de la humanidad, viviendo en un terror infinito, atemorizados por una Ley que ni siquiera entendían; su parodia de existencia humana comenzaba con una agonía, era una larga lucha interna, un profundo miedo a Moreau... ¿y todo para qué? Era el absoluto sinsentido de todo aquello lo que me sobrecogía.

Si Moreau hubiera tenido un objetivo comprensible, podría haber simpatizado al menos un poco con él. No soy tan aprensivo con el dolor. Incluso podría haberle perdonado un tanto si su motivación hubiera sido solo el odio. Pero era tan irresponsable, tan indeciblemente frío... Su curiosidad, su locura, sus investigaciones sin fundamento lo habían empujado a continuar, y aquellas criaturas eran arrojadas al mundo para vivir un año, más o menos, para luchar, para tropezar y para sufrir; y al final, para morir dolorosamente. Eran pobres desgraciados: el antiguo odio animal les impulsaba a maltratarse los unos a los otros; la Ley impedía que se mataran en un arrebato y pusieran fin a sus enemistades naturales.

En aquellos días, el temor que me inspiraban aquellas bestias empezó a dar paso al miedo que me infundía Moreau. En realidad caí en un estado de apatía, profundo y duradero, casi ajeno al miedo, que ha dejado cicatrices permanentes en mi espíritu. Debo confesar que perdí la fe en la cordura del mundo cuando vi el doloroso caos en aquella isla. Parecía que había un destino ciego, un mecanismo gigantesco y despiadado que formaba y confeccionaba el tejido de la existencia, y Moreau (con su pasión por la investigación), Montgomery (con su pasión por la bebida), los engendros bestiales, con sus instintos y sus limitaciones mentales, y yo, todos acabábamos desgarrados y aplastados, violenta, inevitablemente, en medio de la infinita complejidad de sus mecanismos incesantes y eternos. Pero esta convicción no fue inmediata... Creo que, en realidad, me he adelantado un poco al hablar de esto ahora.

CAPÍTULO 17
Un terrible percance

Apenas transcurrieron seis semanas antes de sentir nada que no fuera disgusto y repulsión por los infames experimentos de Moreau. Mi única idea era apartarme de aquellos horribles engendros, caricaturas de la idea que yo tenía de la Creación y de mi Creador, y volver a la amable y saludable relación con los hombres. Mis semejantes, de los que en ese momento estaba apartado, empezaban a adquirir en mi recuerdo una virtud y una belleza idílicas. La amistad de los primeros momentos con Montgomery no fue a más. Su permanente distanciamiento de la humanidad, el vicio secreto de la ebriedad y su evidente simpatía por las bestias enturbiaron mi relación con él. Muchas veces lo dejaba solo entre aquellos engendros. Yo evitaba relacionarme con ellos todo lo posible. Cada vez pasaba más tiempo en la playa, buscando alguna vela que me liberara, una vela que nunca aparecía, hasta que un día sobrevino un terrible desastre que cambió por completo el extraño mundo en el que me encontraba.

Hacía siete u ocho semanas, más o menos, que yo había llegado a la isla —quizá más, creo, pero no me había preocupado de llevar la cuenta—, cuando ocurrió aquel terrible percance. Sucedió a primera hora de la mañana, yo diría que como a las seis. Yo me había levantado y había desayunado temprano, porque me habían despertado los ruidos de tres bestias acarreando madera al recinto.

Después de desayunar fui a la puerta abierta del recinto amurallado y me quedé allí, fumando un cigarrillo y disfrutando del frescor matutino. Al poco llegó Moreau, que doblaba la esquina, y me saludó. Pasó a mi lado y oí, a mi espalda, cómo abría con una llave una puerta y entraba en su laboratorio. Estaba yo en esa época tan habituado a los horrores de ese lugar que oí sin una pizca de emoción cómo el puma afrontaba otro nuevo día de torturas. Recibió a su verdugo con un chillido prácticamente igual al de una arpía furiosa.

Entonces, de repente, algo sucedió. Yo no sé qué fue exactamente y, hasta el día de hoy, lo desconozco. Oí un grito estridente a mis espaldas, un golpe sordo, como una caída, y al volverme, vi un rostro horrible abalanzándose contra mí: no era un ser humano ni un animal, sino un engendro infernal, pardo, marcado con cicatrices sanguinolentas y abiertas, con gotas rojas brotando de su piel y unos ojos llameantes sin párpados. Levanté el brazo para protegerme del golpe que me lanzó contra la cabeza y me rompió el antebrazo; el enorme monstruo, envuelto en gasas y vendas ensangrentadas y sueltas en torno a su cuerpo, saltó por encima de mí y se alejó. Yo rodé por la arena de la playa e intenté levantarme, pero me derrumbé sobre el brazo roto. Entonces apareció Moreau y su gran cara blanca aún era más terrible por la sangre que manaba de la frente. Llevaba un revólver en la mano. Apenas me miró: salió corriendo de inmediato en persecución del puma.

Intenté apoyarme en el otro brazo y me incorporé. El engendro lleno de gasas y vendas que iba delante corría a grandes saltos por la playa, y Moreau iba tras él. Entonces volvió la cabeza y lo vio; luego, apretando el paso rápidamente, se dirigió a los arbustos. Aventajaba a su perseguidor con cada zancada. Vi cómo se ocultaba en la vegetación y Moreau, que corría en diagonal para interceptarlo, disparó y falló, mientras la bestia desaparecía. Luego, el doctor también se esfumó en medio de la densa vegetación.

Los busqué con la mirada, pero el dolor del brazo se hizo cada vez más punzante; con un gemido logré ponerme en pie. Montgomery apareció en la puerta con el revólver en la mano.

—¡Santo Dios, Prendick! —dijo, sin darse cuenta de que yo estaba herido—. ¡Ese animal se ha escapado! ¡Arrancó las cadenas de la pared! ¿Los ha visto? —Y luego, bruscamente, al ver que me agarraba el brazo, añadió—: ¿Qué pasa?

—Estaba ahí, en la puerta... —dije.

Se acercó a mí y me cogió del brazo.

—Hay sangre en la manga —dijo, y remangó la tela.

Se guardó el arma, me palpó el brazo haciéndome mucho daño y luego me llevó adentro.

—Tiene el brazo roto —dijo, y añadió—: cuénteme exactamente cómo ocurrió... qué ocurrió.

Le dije lo que había visto con frases entrecortadas y resoplidos de dolor entre una y otra; mientras tanto, rápidamente y con mucha destreza, Montgomery me entablilló el brazo y me lo puso en cabestrillo, dio un paso atrás y me miró.

—Ya está —dijo—. Y ahora...

Se quedó pensando. Luego salió y cerró las puertas del recinto. Estuvo ausente un rato.

Yo estaba principalmente preocupado por mi brazo. El incidente parecía solo uno más de las muchas cosas horribles que pasaban allí. Me senté en la tumbona y, debo admitirlo, maldije de todo corazón aquel lugar. La primera sensación de dolor sordo en el brazo ya había dado paso a un dolor punzante cuando Montgomery reapareció.

Estaba bastante pálido y mostraba las encías inferiores más que nunca.

—Ni lo he visto ni lo he oído. No hay ni rastro de él —dijo—. He estado pensando que tal vez necesite mi ayuda. —Se quedó observándome con una mirada inexpresiva—. Es un animal muy fuerte —dijo—. Arrancó las cadenas de la pared como si nada.

Se acercó a la ventana; luego volvió a la puerta, y allí se giró hacia mí.

—Tengo que ir a buscarlo —dijo—. Puedo dejarle otro revólver a usted. Para ser sincero, estoy bastante preocupado.

Fue a buscar el arma y me la dejó a mano, sobre la

mesa, y luego se fue; en el ambiente quedó una contagiosa sensación de inquietud. No me quedé mucho rato sentado después de que se fuera. Cogí el revólver y fui a la puerta.

Aquella mañana reinaba una quietud sepulcral. No corría ni una brizna de aire, el mar era como un espejo pulido, en el cielo no había ni una nube y la playa estaba desolada. En mi estado, medio nervioso, medio febril, aquella quietud resultaba opresiva.

Intenté silbar algo, pero la melodía murió en mis labios. Maldije otra vez: la segunda vez aquella mañana. Luego fui hasta la esquina del recinto amurallado y me quedé mirando hacia el interior de la isla y la espesa vegetación que se había tragado a Moreau y a Montgomery. ¿Cuándo volverían? ¿Y cómo?

Entonces, a lo lejos, en la playa, apareció un pequeño engendro gris, que corrió hasta la orilla y empezó a chapotear. Retrocedí hasta la puerta, luego doblé la esquina y empecé a ir de un lado a otro, como si fuera un centinela. En una ocasión me detuve al oír la voz de Montgomery aullando: «Eee-oooh, ¡Mooo-reaaauuu!». El brazo me dolía menos, pero ardía. Empecé a tener fiebre y sed. Mi sombra cada vez era más pequeña. Observé a aquella figura de la lejanía hasta que desapareció. ¿Cabía la posibilidad de que Moreau y Montgomery no regresaran jamás? Tres gaviotas empezaron a pelearse por algún tesoro varado en la arena.

Allí, en la lejanía, por detrás del recinto, oí un disparo. Hubo un largo silencio y luego otro disparo. Después se oyó un grito, más cercano, y otro desesperante silencio. Mi inoportuna imaginación decidió empezar a atormentarme. Y más adelante, otro disparo bastante cercano.

Fui hasta la esquina, sobresaltado, y vi a Montgomery, con el rostro congestionado y el pelo revuelto, y las rodilleras de su pantalón rasgadas. Su rostro dejaba entrever una profunda consternación. Tras él venía tambaleándose aquel engendro de M'ling y en las comisuras de su boca tenía unas inquietantes manchas marrones.

—¿Ha vuelto? —preguntó Montgomery.

—¿Moreau? —pregunté—. No.

—¡Dios mío! —Montgomery jadeaba, casi sollozando por respirar—. Entre en la casa —dijo, cogiéndome del brazo—. Se han vuelto locos. Están corriendo como locos. No sé qué puede haber ocurrido... No lo sé. Ya le contaré, cuando recobre el aliento. ¿Queda algo de brandi?

Entró tambaleándose en la estancia, delante de mí, y se sentó en la tumbona. M'ling se dejó caer justo por fuera del quicio de la puerta, y empezó a jadear como un perro. Le ofrecí a Montgomery un poco de brandi y agua. Se quedó con la vista al frente, la mirada perdida, recuperando el aliento. Tras algunos minutos empezó a contarme lo que había ocurrido.

Había seguido el rastro de la fiera y el doctor durante algún tiempo. Resultó muy fácil al principio, por los arbustos aplastados y rotos, por las vendas blancas rasgadas del puma, y los ocasionales rastros de sangre en las hojas de los arbustos y la maleza. Sin embargo, perdió el rastro, en una zona pedregosa, al otro lado del arroyo donde yo había visto a aquella bestia bebiendo, y anduvo vagando sin rumbo hacia el oeste, gritando el nombre de Moreau. Luego M'ling lo había acompañado con su pequeño machete. El criado no había visto nada de lo que había ocurrido con el puma, había estado recogiendo madera y simplemente oyó cómo Montgomery llamaba al doctor. Siguieron gritando juntos. Vieron a dos bestias agazapadas y acechándolos entre la maleza, con gestos y una actitud que asustó a Montgomery porque resultaba extraña e insólita. Él las saludó y ellas huyeron con aire de culpabilidad. Tras ese encuentro dejó de llamar a gritos a Moreau y, después de deambular algún tiempo sin rumbo, decidió ir a ver los cubiles de los engendros.

Encontró el barranco vacío.

Cada vez más intranquilo y alarmado, empezó a volver sobre sus pasos. Entonces se encontró con los dos cerdos humanizados que yo había visto bailando la noche de mi llegada; tenían sangre alrededor de la boca y estaban muy excitados. Se acercaron aplastando los helechos y se detuvieron, con rostros feroces, cuando vieron a Montgomery. Él hizo restallar su látigo, bastante nervioso, y ellos se abalanzaron contra él. Jamás antes una de aquellas bestias se había atrevido a hacer eso. A uno le pegó un tiro en la cabeza, y M'ling se lanzó contra el otro y los dos rodaron enredados por el suelo; M'ling sujetó al animal debajo y le clavó los dientes en la garganta, y Montgomery disparó también al cerdo humanizado mientras luchaba. Tuvo alguna dificultad en conseguir que M'ling lo acompañara.

Entonces se apresuraron a volver conmigo. Por el camino, M'ling había arremetido de repente contra unos arbustos y había espantado a un hombre ocelote de pequeño tamaño, también bañado en sangre, y cojo por una herida en la pata. Aquel animal había huido un poco y luego se había dado la vuelta, como acorralado, y Montgomery —bastante gratuitamente, pensé— le había pegado un tiro.

—¿Qué significa todo esto? —le pregunté.

Él negó con la cabeza y se dedicó a beber el brandi.

CAPÍTULO 18
En busca del doctor Moreau

Cuando vi a Montgomery tragar su tercera dosis de brandi, me tomé la molestia de intervenir. Ya estaba algo más que medio borracho. Le dije que a Moreau debía de haberle pasado algo grave, o de lo contrario habría regresado, y que nos correspondía a nosotros averiguar qué demonios había sucedido. Montgomery puso unas débiles objeciones y, al final, aceptó mi propuesta. Comimos algo y luego los tres nos pusimos en marcha.

Posiblemente se debiera a la tensión de mis nervios en aquel momento, pero incluso ahora sigo recordando aquella salida a la sofocante quietud de la tarde tropical con una viva impresión. M'ling iba primero, con los hombros encogidos y su extraña cabeza negra moviéndose con rápidos giros, mirando primero a un lado y luego a otro. Iba desarmado: había perdido el machete en su pelea con el hombre porcino. Los dientes eran su arma cuando se trataba de luchar. Montgomery iba detrás con pasos tambaleantes, con las manos en los bolsillos y el rostro sombrío; estaba medio enfurruñado conmigo por culpa del brandi. Yo llevaba el brazo en cabestrillo —por fortuna, era el izquierdo— y el revólver en la mano derecha.

Cogimos un estrecho sendero a través de la exuberante vegetación de la isla, hacia el noroeste. Al poco, M'ling se detuvo y se quedó rígido, escuchando atentamente. Montgomery casi se tropezó con él y luego se detuvo también. Después, prestando mucha atención, oímos unas voces que se acercaban entre los árboles y unos pasos que se aproximaban.

—Está muerto —dijo una voz temblorosa.

—No está muerto, no está muerto... —farfulló otra.

—Yo lo vi, yo lo vi... —exclamaron más voces.

—¿Quién hay ahí? —gritó de repente Montgomery—. ¡Eh! ¿Quién hay ahí?

—Maldita sea... —dije, y me aferré a mi pistola.

Se produjo un silencio y luego un crujir de ramas y hojas en el laberinto vegetal, primero aquí, más tarde allí, y al final aparecieron media docena de caras, extrañas, iluminadas por un insólito fulgor. M'ling dejó escapar un gruñido con la garganta. Yo reconocí al hombre mono —en realidad, ya había identificado su voz— y a dos de las criaturas pardas envueltas en vendajes blancos que había visto en la lancha de Montgomery. Con ellos iban las dos bestias moteadas y aquella criatura espantosamente contrahecha que dictaba la Ley, con el pelo gris cayéndole por las mejillas, grandes cejas grises y guedejas cenicientas quc se separaban en una raya en la mitad de su cráneo y caían sobre su frente, un engendro deforme y sin rostro, con unos extraños ojos rojos que nos miraban con curiosidad desde el fondo de la espesura.

Durante unos momentos, nadie habló. Entonces Montgomery dejó escapar un hipido.

—¿Quién... ha dicho que estaba muerto?

El hombre mono miró con aire de culpabilidad al engendro peludo y gris.

—Está muerto —dijo este monstruo—. Lo han visto.

No había nada amenazador en aquel grupo, en cualquier caso. Parecía que estaban estupefactos y desconcertados.

—¿Dónde está? —preguntó Montgomery.

—Allí. —Y la criatura gris señaló un lugar indeterminado.

—¿Hay Ley ahora? —preguntó el hombre mono—. ¿Sigue siendo todo igual? ¿Está muerto para siempre?

—¿Hay Ley ahora? —preguntó uno de los que iban con harapos blancos.

—¿Hay Ley, tú, Hombre del Látigo? Está muerto —dijo el engendro peludo y gris.

Y todos se quedaron mirándonos.

—Prendick —dijo Montgomery, volviendo su mirada turbia hacia mí—. Está muerto... evidentemente.

Yo había permanecido detrás de él durante toda la conversación. Empecé a ver por dónde iban las cosas con ellos. Di un paso al frente y elevé mi voz.

—¡Hijos de la Ley —exclamé—, no está muerto! —M'ling volvió su aguda mirada hacia mí—. Solo ha cambiado de forma... Solo ha cambiado de cuerpo —añadí—.

No lo vais a ver durante algún tiempo. Está... ¡ahí! —Y señalé el cielo—. Y desde ahí puede veros. Vosotros no lo vais a ver a él. Pero él sí puede veros a vosotros. ¡Guardad la Ley!

Los miré fijamente y ellos se encogieron.

—Él es grande, él es bueno —dijo el hombre simiesco, escrutando con temor el cielo entre la densidad de las ramas de los árboles.

—¿Y la criatura? —pregunté.

—La criatura que sangra y corre gritando y llorando... está muerta también —dijo el engendro gris, aún mirándome.

—Está bien... —murmuró Montgomery.

—El otro Hombre con Látigo... —empezó a decir la criatura gris.

—¿Qué? —dije.

—... dijo que estaba muerto.

Pero Montgomery aún no estaba tan borracho como para no entender por qué yo había negado la muerte de Moreau.

—No está muerto —repuso lentamente—. No está muerto, en absoluto. Está tan vivo como yo.

—Algunos han quebrantado la Ley —dije—. Morirán. Algunos ya han muerto. Mostradnos dónde está su antiguo cuerpo. Es el cuerpo que ha desechado porque ya no lo necesita.

—Este es el camino, hombre que camina por el mar —dijo el engendro gris.

Y, con esas seis criaturas guiándonos, cruzamos el laberinto de helechos, enredaderas y lianas en dirección noroeste. Entonces oímos un aullido, un crujido entre las ramas, y un homúnculo rosa se abalanzó contra nosotros chillando. Inmediatamente detrás apareció la bestia salvaje que lo perseguía, ensangrentada, que se plantó entre nosotros antes de poder detener su carrera. La criatura gris se apartó a un lado. M'ling, con un gruñido, saltó hacia ella, pero la bestia lo apartó con un manotazo. Montgomery disparó y falló; agachó la cabeza, levantó el brazo para protegerse y se volvió para huir. Entonces disparé, pero aquella bestia siguió avanzando hacia nosotros; le volví a disparar a bocajarro en su asquerosa cara. Vi cómo sus rasgos se desvanecían en un instante. Le había destrozado la cara. Sin embargo, pasó a mi lado, agarró a Montgomery y lo sujetó: luego cayó de bruces a su lado, arrastrándolo en su agonía mortal.

De repente me encontré solo, con M'ling, la bestia muerta y Montgomery por tierra. Este se levantó lentamente y miró con gesto desconcertado a la bestia destrozada que tenía detrás. Aquello le quitó la borrachera. Consiguió ponerse en pie. Entonces vi a la criatura gris volver temerosamente de entre los árboles.

—¡Mirad! —dije, señalando la bestia muerta—. ¡La Ley sigue existiendo! ¡Esto pasa por quebrantar la Ley!

La criatura miró el cadáver.

—Él lanza el fuego que mata —dijo con voz profunda, repitiendo una parte del ritual.

Los otros se reunieron alrededor y se quedaron observando un rato.

Por fin llegamos al extremo occidental de la isla. Descubrimos el cadáver mutilado y medio devorado del puma; tenía el hueso del hombro destrozado por una bala y quizá veinte metros más allá encontramos finalmente lo que andábamos buscando. Estaba tendido boca abajo, en una zona pisoteada del cañaveral. Tenía una mano casi desgarrada por la muñeca y el pelo plateado estaba empapado en sangre. Su cabeza había sufrido los golpes de las cadenas del puma. Las cañas rotas bajo su cuerpo estaban enlodadas en sangre. No pudimos encontrar su revólver. Montgomery le dio la vuelta.

Con la ayuda de las siete bestias y, descansando de vez en cuando —era un hombre robusto—, lo llevamos de regreso al recinto amurallado. Ya estaba anocheciendo. Dos veces oímos a criaturas ocultas aullando y chillando mientras pasaba nuestro pequeño cortejo. Y también apareció el pequeño perezoso despellejado, que se quedó mirándonos antes de volver a esfumarse. Pero no sufrimos ningún nuevo ataque. A las puertas del recinto, nuestros acompañantes del grupo de engendros nos dejaron: M'ling se fue con ellos. Nos encerramos dentro y después trasladamos el cadáver maltratado de Moreau al patio y lo depositamos sobre un montón de leña.

Luego fuimos al laboratorio y acabamos con la vida de todos los animales que había allí.

CAPÍTULO 19

El día de fiesta de Montgomery

Cuando hicimos todo aquello, y nos aseamos y comimos algo, Montgomery y yo fuimos a mi pequeña estancia y, por primera vez, hablamos muy seriamente sobre cuál era nuestra situación. Era casi medianoche. Y él estaba casi sobrio, aunque muy conmocionado. Había vivido, de un modo muy peculiar, bajo la influencia de la personalidad de Moreau, y creo que jamás se le había ocurrido que este pudiera morir. Aquella tragedia significó un desconcierto repentino en todas las costumbres que habían formado parte de su carácter durante los monótonos diez años o más que había pasado en la isla. Hablaba vagamente, contestaba a mis preguntas con respuestas turbias y divagaba sobre asuntos triviales.

—Qué mundo tan absurdo —dijo—. ¡Qué caos! No he tenido una vida. No sé si alguna vez la tendré. Dieciséis años acosado por criadas y maestros, a su antojo, otros cinco en Londres, esforzándome lo indecible con la medicina... mala comida, casas de mala muerte, ropa de mala muerte, vicios asquerosos... una metedura de pata... No sabía que pudiera haber nada mejor. Y acabar en esta isla monstruosa. ¡Diez años aquí! ¿Y para qué, Prendick? ¿Somos las pompas de jabón con las que juega un niño pequeño?

Era difícil contestar a semejantes desvaríos.

—En lo que tenemos que pensar ahora —dije— es en la forma de largarnos de esta isla.

—¿Y qué ganamos yéndonos de aquí? Yo soy un apestado. ¿Adónde voy a ir? Para usted todo será muy fácil, Prendick. ¡Pobre viejo Moreau! No podemos dejarlo aquí hasta que solo queden sus huesos. Tal y como están las cosas... y además, ¿qué será de las pobres bestias que son decentes?

—Bueno —dije—. Nos ocuparemos de eso mañana. He pensado que podríamos hacer una pira y quemar el cadáver de Moreau... y de esas otras criaturas... ¿Qué va a ser del grupo de criaturas del barranco?

—No lo sé. Supongo que los que se hicieron a partir de depredadores acabarán volviéndose locos antes o después. No podemos masacrarlos a todos. ¿O sí? Supongo que eso es lo que su humanidad recomendaría, ¿no? Pero cambiarán. Seguro que cambiarán.

Estuvo hablando así, sin llegar a ninguna conclusión, hasta que al final perdí la paciencia.

—¡Maldita sea! —exclamó, ante alguna contestación malhumorada mía—. ¿Es que no puede ver que estoy en un pozo peor que el suyo? —Se levantó a buscar el brandi—. Beba —dijo cuando volvió—. Maldito triturador de la lógica, cara de tiza, santo del ateísmo: ¡beba!

—No voy a beber —dije, y me quedé sentado con aire

sombrío, mirando su cara iluminada bajo la llama amarilla de la parafina, mientras él bebía hasta caer en una especie de verborrea melancólica.

Solo recuerdo un aburrimiento infinito. Divagaba haciendo una defensa sentimentaloide y compasiva de los engendros y de M'ling. M'ling, decía, era la única criatura que se había preocupado por él. Y, de repente, se le ocurrió una idea.

—¡Seré bobo...! —dijo, tambaleándose y cogiendo la botella de brandi.

De pronto tuve una intuición y adiviné lo que pretendía hacer.

—¡No se le ocurra darle bebida a ese animal! —dije, levantándome y encarándome con él.

—¿Animal? —exclamó—. ¡Usted sí que es un animal! ¡Él bebe como cualquier cristiano! ¡Apártese de mi camino, Prendick!

—Por el amor de Dios... —le supliqué.

—Apártese... de mi camino —gruñó, y sacó de repente su revólver.

—Muy bien —dije, y me aparté, casi dispuesto a abalanzarme contra él en cuanto pusiera la mano en el picaporte, pero abandoné la idea al pensar en mi brazo inútil—. Se ha convertido usted en un animal... ¡Puede ir a vivir con ellos!

Abrió la puerta de par en par y se quedó allí, mirándome de reojo, entre la luz amarilla del farol y el pálido fulgor de la luna; las cuencas de sus ojos eran dos pozos negros bajo las cejas.

—Es usted un mojigato solemne, Prendick, ¡un perfecto idiota! Siempre desconfiando y fantaseando. Estamos al borde del desastre. Voy a cortarme el cuello mañana. Así que voy a disfrutar de mi maldito día de fiesta esta noche.

Dio media vuelta y se adentró en la noche iluminada por la luna.

—¡M'ling! —gritó—. ¡M'ling, amigo mío...!

Tres criaturas, difusas a la luz de la luna, se acercaron a la orilla de la playa: una iba envuelta en harapos blancos; las otras dos, que la seguían, eran apenas dos sombras. Se detuvieron y miraron hacia la vivienda. Entonces vi a M'ling, siempre encorvado, que doblaba la esquina.

—¡Bebed! —gritó Montgomery—, ¡bebed, animales! ¡Bebed y convertíos en hombres! ¡Demonios, qué listo soy! Moreau se olvidó de esto. Este es el detalle final. ¡Bebed, os lo ordeno!

Y, agitando la botella en la mano, empezó a caminar tambaleante hacia el oeste; M'ling se interponía entre él y las tres criaturas que lo seguían.

Me acerqué a la puerta. Ya casi no distinguía su silueta en la neblina de la noche, cuando Montgomery se detuvo. Vi cómo le daba un trago de puro brandi a M'ling y luego las cinco figuras se diluyeron en una mancha lejana.

—¡Cantad! —oí gritar a Montgomery—. ¡Cantemos juntos! «¡Al infierno el viejo Prendick!» ¡Muy bien! ¡Otra vez! «¡Al infierno el viejo Prendick...!»

El grupo de sombras se dividió en cinco figuras separadas y todas se fueron alejando por la franja de la playa resplandeciente. Iban aullando como locos, gritando e insultándome, o desahogándose con la nueva inspiración que les daba el brandi.

Al cabo oí la lejanísima voz de Montgomery gritando:

—¡Vamos por ahí! —Y, entre gritos y aullidos, se internaron en la oscuridad de los árboles de tierra adentro.

Lenta, muy lentamente, se sumieron en el silencio.

La noche recuperó su sosegado esplendor. La luna ya había pasado el meridiano y se encaminaba hacia el oeste. Era una luna llena, muy brillante, que recorría el vacío cielo azul. La pared del recinto proyectaba una sombra en el suelo, de un metro más o menos, a mis pies. El mar oriental era de un gris indefinido, oscuro y misterioso, y, entre el agua y la oscuridad de la isla, las arenas grises de cristales y cuarzos volcánicos resplandecían y brillaban como una playa de diamantes. Detrás de mí, el farol de parafina llameaba con tonos ardientes y rojizos.

Luego cerré la puerta, giré la llave y fui al patio donde Moreau yacía junto a sus últimas víctimas: los perros de caza, la llama y otros desafortunados animales; su rostro parecía tranquilo incluso después de su terrible muerte, y sus impasibles ojos abiertos miraban la luna blanca y muerta en el cielo. Me senté en el borde de los lavaderos y, con la mirada clavada en aquel montón fantasmal de luz plateada y sombras siniestras, empecé a cambiar de planes.

Por la mañana haría acopio de algunas provisiones en mi bote y, después de encender la pira, me lanzaría a la desolación de alta mar una vez más. Sentía que Montgomery ya no tenía remedio; pensaba que de verdad se había asimilado a aquellas bestias y que ya no sería capaz de vivir como un ser humano. No sé cuánto tiempo estuve allí sentado planeando lo que iba a hacer. Quizá una hora, más o menos. Entonces, mis especulaciones se vieron interrumpidas por la vuelta de Montgomery. Oí los aullidos de mucha gente, un tumulto de gritos de euforia, individuos que pasaban por la playa, vociferando y aullando con chillidos de entusiasmo, y me pareció que se detenían en la orilla. La algarabía aumentaba y menguaba; oí fuertes golpes de palos y el ruido de la madera al quebrarse, pero eso no me preocupó en aquel momento. Los cánticos discordantes volvieron a empezar.

Mis pensamientos regresaron a los medios que debía poner en marcha para escapar. Me levanté, cogí la lámpara y fui al cobertizo para ver si aún seguían allí unos barriles que había visto. Luego también busqué unas latas de galletas y abrí una. Vi por el rabillo del ojo una figura rojiza y me volví rápidamente.

A mi espalda estaba el patio, refulgiendo en blanco y negro a la luz de la luna, y allí estaba también la pira de leña y cañas sobre la que habíamos dejado a Moreau y a sus víctimas mutiladas, unas sobre otras. Parecía que se estaban enzarzando unas con otras en una última batalla vengativa. Sus heridas eran negras como la noche y la sangre que había escurrido por la madera había formado grandes charcos en el suelo. Entonces vi, sin darme cuenta de lo que ocurría, que había un fantasma, un resplandor rojizo que iba y venía, y danzaba en la pared del otro lado. Malinterpreté aquel espectro, porque imaginé que era un reflejo de mi farol al parpadear, y volví a ocuparme de las provisiones que había en el cobertizo. Seguí rebuscando entre los víveres —en la medida que puede hacerlo un hombre manco—, encontré algunas cosas útiles y las aparté para llevarlas por la mañana a la lancha. Me movía con lentitud y el tiempo pasaba rápidamente. Al final me sorprendió la luz del día.

Los cánticos cesaron y dieron paso a un clamor, y luego volvieron a oírse, y, de repente, todo estalló en un tumulto. Oí gritos de «¡Más, más!», y un bullicio como de peleas y disputas, y un grito inesperado y horroroso. El tipo de ruido cambió de tal modo que llamó mucho mi atención. Salí al patio y escuché atentamente. Entonces, cortando como un cuchillo el alboroto, se oyó un disparo.

Corrí rápidamente hasta mi estancia por la puerta interior. Al llegar allí oí cómo algunas cajas del cobertizo resbalaban, caían y se destrozaban en el suelo con un repiqueteo de cristales. Pero no presté atención a aquel desastre. Abrí la puerta exterior y me asomé para ver qué pasaba.

En la playa, junto al cobertizo para los botes, había una hoguera ardiendo; volaban las chispas en la dudosa luz del amanecer. Alrededor se apiñaba una masa informe de figuras negras. Oí que Montgomery me llamaba. Me lancé a correr hacia el fuego, revólver en mano. Distinguí la lengua de fuego de la pistola de Montgomery, cerca del suelo. Estaba en tierra. Grité con todas mis fuerzas y disparé al aire.

Oí que alguien gritaba: «¡El Amo!». El amasijo de figuras negras se dispersó, y el fuego se avivó y luego menguó. La multitud de engendros empezó a huir en desbandada, presa del pánico, por la playa. Con la agitación del momento, disparé por la espalda a los que huían mientras desaparecían entre los arbustos. Entonces regresé a la hoguera y a aquellos bultos negros que había en el suelo.

Montgomery yacía de espaldas, con el monstruo de pelo gris atravesado sobre su cuerpo. El animal también estaba muerto, pero aún seguía aferrado a la garganta de Montgomery con sus garras curvadas. Al lado estaba M'ling, tumbado boca abajo y totalmente inmóvil, con el cuello abierto por una dentellada y la parte superior de la botella de brandi, rota, aferrada a su mano. Otras dos figuras yacían también cerca del fuego: una inmóvil y la otra gruñendo de manera irregular; de vez en cuando levantaba un poco la cabeza, despacio, y luego la volvía a dejar caer de nuevo.

Cogí el cuerpo del engendro gris y lo quité de encima de Montgomery; las zarpas desgarraron la ropa mientras lo apartaba, como si se negara a retirarse.

Montgomery tenía la cara congestionada y apenas respiraba. Le salpiqué el rostro con agua del mar y coloqué mi chaqueta enrollada bajo su cabeza, a modo de almohada. M'ling estaba muerto. La criatura herida que estaba junto al fuego —era un hombre lobo y tenía la barba gris— yacía con la parte superior de su cuerpo sobre la madera aún incandescente. El desgraciado estaba herido de muerte, así que, por compasión, le volé la tapa de los sesos de inmediato. El otro animal era uno de los hombres toro envueltos en vendas blancas. También estaba muerto.

El resto de las bestias habían desaparecido de la playa. Me acerqué a Montgomery otra vez y me arrodillé a su lado, maldiciendo mi ignorancia en medicina.

El fuego que tenía al lado casi se había apagado, y solo quedaban unos maderos chamuscados con algunos restos de ascuas en el centro, mezclados con cenizas grises de arbustos quemados. Me pregunté de dónde habría sacado Montgomery aquella leña. Entonces me di cuenta de que ya estaba amaneciendo. El cielo se había vuelto más luminoso, la luna se estaba poniendo y palidecía y se enturbiaba en el resplandeciente azul de la mañana. El cielo del este se tiñó de rojo.

De repente oí un golpe sordo y un susurro a mis espaldas y, tras mirar a mi alrededor, me puse en pie de un salto con un grito de horror. Delante del cálido amanecer se levantaban enormes bocanadas de humo negro que salían del recinto amurallado y entre aquella grisácea oscuridad se elevaban centelleantes lenguas de fuego y llamas sanguinolentas. Enseguida se prendió la techumbre de paja. Vi cómo las llamas avanzaban en curva y consumían el tejado de hojarasca. Una lengua de fuego estalló saliendo por la ventana de mi habitación.

Supe de inmediato lo que había ocurrido. Recordé el estrépito que había oído cuando salí del patio. Cuando corrí en auxilio de Montgomery había tirado al suelo el farol de parafina.

La imposibilidad de salvar nada de lo que había en el recinto se me presentó con toda su crudeza. Volví a pensar en mis planes de huida y busqué con la mirada dónde podían estar los dos botes de la playa. ¡Habían desaparecido! Había dos hachas en la arena, allí al lado, y un montón de astillas y virutas esparcidas alrededor, y las cenizas de la hoguera se estaban ennegreciendo y humeaban la luz del amanecer. Montgomery había quemado las embarcaciones para vengarse de mí y evitar que volviéramos a la civilización humana.

Sufrí un repentino ataque de ira. Casi estuve tentado de romperle la cabeza a aquel estúpido mientras estaba tendido a mis pies. Y entonces, de pronto, movió la mano tan débil y lastimosamente que mi furia se disipó. Dejó escapar un lamento y abrió los ojos un instante.

Me arrodillé a su lado y le sujeté la cabeza. Abrió los ojos de nuevo, mirando en silencio el amanecer, y sus ojos se encontraron con los míos. Cerró los párpados.

—Lo siento —dijo finalmente, haciendo un esfuerzo. Parecía que estaba intentando encontrar las palabras—. El último... —murmuró—, el último de este estúpido universo. Qué desastre...

Yo solo le escuché. La cabeza se descolgó sin remedio hacia un lado. Pensé que tal vez un trago lo reanimaría, pero no había ni bebida, ni siquiera un vaso a mano. De repente me dio la impresión de que pesaba más. Se me heló la sangre.

Me incliné sobre su cara y metí la mano entre los jirones de su camisa. Estaba muerto y, mientras moría, una línea de fuego blanco, el borde del sol, se elevó por oriente, más allá del farallón de la bahía, tiñó el cielo con su resplandor y convirtió el oscuro mar en un arrebatador caos de luz deslumbrante. Pareció una bendición en su rostro consumido por la muerte.

Coloqué la cabeza con cuidado en la torpe almohada que había hecho para él y me puse en pie. Ante mí tenía la centelleante desolación del mar, la espantosa soledad en la que ya había sufrido tanto; a mi espalda, la isla, silenciosa en el amanecer, con sus bestias calladas y ocultas. El recinto amurallado, con todas sus provisiones y municiones, ardía ruidosamente, con repentinas llamaradas, crepitaba de vez en cuando y se derrumbaba a pedazos aquí y allá. La densa humareda se alejaba de la playa, formaba remolinos sobre las copas de los árboles y se dirigía hacia las guaridas del barranco. A mi lado, los vestigios chamuscados de los botes y aquellos cinco cadáveres.

Entonces, desde los arbustos se acercaron tres bestias, encorvadas, con las cabezas adelantadas en ademán vacuno, las manos deformes colocadas de forma anormal, y miradas inquietas y desconfiadas, y avanzaron hacia mí con gestos dubitativos.

CAPÍTULO 20
Solo con las bestias

Los miré de frente, viendo mi destino en sus caras; estaba maniatado —casi literalmente maniatado, porque tenía un brazo roto en cabestrillo—. En mi bolsillo tenía un revólver al que solo le quedaban dos balas. Entre las astillas dispersas por la playa había dos hachas que se habían utilizado para hacer leña de los botes. La marea murmuraba a mis espaldas.

No me quedaba más remedio que tener valor. Miré fijamente las caras de los monstruos que se acercaban. Evitaban mi mirada y sus orificios nasales, palpitantes, olisqueaban los cadáveres que había en la playa. Avancé unos pasos, cogí el látigo manchado de sangre que había bajo el cadáver del lobo humano y lo hice restallar.

Ellos se quedaron petrificados y me miraron.

—¡Saludad! —les dije—. ¡Inclinaos ante mí!

Titubearon. Uno dobló las rodillas. Repetí mis órdenes, con el corazón latiéndome en la boca, y avancé hacia ellos. Uno ya estaba arrodillado, los otros dos hicieron lo mismo.

Me di la vuelta y volví hasta donde estaban los cadáveres, sin perder de vista las tres bestias arrodilladas, casi como cuando un actor sube al escenario mientras mira al público.

—¡Quebrantaron la Ley! —dije, poniendo el pie sobre el cadáver del que dictaba la Ley—. Han sido ejecutados. Incluso aquel que dictaba la Ley. Incluso el Hombre con Látigo. ¡Grande es la Ley! ¡Venid y veréis!

—Nadie escapa —dijo uno de ellos, adelantándose y observando de cerca a los muertos.

—Nadie escapa —repetí yo—. Por tanto, escuchad y haced lo que os ordeno.

Se quedaron quietos, mirándose desconcertados.

—No os mováis —les dije.

Cogí las hachas y las colgué del cabestrillo de mi brazo, luego le di la vuelta a Montgomery, cogí su revólver, todavía con dos balas en la recámara, me agaché para rebuscar en su ropa y encontré otra media docena de cartuchos en su bolsillo.

—Cogedlo —dije, incorporándome y señalando a Montgomery con el látigo—, lleváoslo de aquí y arrojadlo al mar.

Ellos se adelantaron; evidentemente, aún temían a Montgomery, pero aún tenían más miedo a mi látigo ensangrentado y restallante, y, tras algunos titubeos y dudas, algunos latigazos y gritos, lo levantaron con mucha precaución y cuidado, lo bajaron a la playa y entraron con el cadáver en el agua deslumbrante del mar.

—¡Más adentro! —grité—. ¡Más adentro! ¡Llevadlo más adentro!

Entraron en el mar hasta que el agua les llegó a las axilas y luego se quedaron mirándome.

—¡Soltadlo! —les dije, y el cuerpo de Montgomery se desvaneció con una leve salpicadura de agua. Sentí que algo me oprimía el pecho—. ¡Bien! —grité, mientras se me quebraba la voz, y ellos regresaron a la orilla del agua, apresuradamente y temerosos, dejando huellas negras en la orilla plateada. Se detuvieron allí, mirando al mar como si esperaran de verdad que Montgomery resurgiera de entre las olas para ejecutar su venganza.

—Y ahora, esos —les dije, señalando los otros cadáveres.

Se cuidaron muy mucho de no acercarse al lugar donde habían arrojado a Montgomery en el agua; bien al contrario, se llevaron los cuatro cadáveres de las bestias mucho más allá, quizá cien metros, antes de internarse en el agua y soltarlos.

Mientras estaba observando cómo se deshacían de los restos mortales de M'ling, oí unas leves pisadas a mi espalda y, tras volverme rápidamente, vi a la gran hiena porcina quizá a unos doce metros de mí. Venía con la cabeza gacha, los ojos brillantes clavados en mí, y las manos deformes y gordas colgando a los lados. Se detuvo, pero cuando me volví, conservó esa actitud ladina, con la mirada un poco aviesa.

Durante unos instantes nos estuvimos mirando a los ojos. Dejé caer el látigo y cogí la pistola de mi bolsillo. Estaba dispuesto a matar a aquel animal —el más terrible de cuantos quedaban en la isla— a la menor oportunidad.

Puede parecer una actitud traicionera, pero eso fue lo que pensé. Le tenía mucho más miedo a ese engendro que a todos los otros monstruos juntos. Si seguía con vida, lo sabía, sería una amenaza contra la mía.

Estuve unos segundos pensando. Y luego grité:

—¡Saluda! ¡Póstrate ante mí!

Dejó escapar un gruñido y sus dientes brillaron.

—¿Quién eres tú para que yo...?

Tal vez demasiado tembloroso, cogí mi revólver, apunté y disparé rápidamente. Oí cómo chillaba, lo vi correr hacia un lado y luego volverse; sabía que había fallado y amartillé el arma con el pulgar para el siguiente disparo, pero él ya huía, zigzagueando, y no me atreví a disparar y fallar de nuevo. De vez en cuando, en su huida, miraba hacia atrás, por encima del hombro. Se apartó de la playa y se desvaneció tras la densa humareda que aún salía del recinto en llamas. Durante algún tiempo me quedé mirando por dónde se había ido. Luego me volví hacia mis tres obedientes bestias de nuevo y les dije que arrojaran el cuerpo que aún seguían cargando. Entonces regresé al lugar donde habían hecho aquella hoguera, y donde habían caído muertos los cuerpos, y pisoteé las manchas marrones de sangre hasta que la arena las absorbió y desaparecieron.

Con un gesto displicente ordené a mis tres siervos que se fueran y subí por la playa hasta los arbustos. Llevaba la pistola en la mano, el látigo preparado y las hachas colgadas de mi cabestrillo. Estaba aterrorizado ante la perspectiva de estar solo y angustiado por la situación en la que me había quedado.

Algo terrible, en lo que apenas había empezado a pensar, era que no había en toda la isla un lugar donde pudiera estar solo y seguro, para poder dormir o descansar. Había recuperado las fuerzas de una manera increíble desde que llegué a la isla, pero aún tenía tendencia a ponerme nervioso o a sentirme abatido bajo presión. Pensé que debía cruzar la isla, asentarme junto a aquellas bestias y procurarme su confianza. Pero me fallaron las fuerzas. Regresé a la playa y me encaminé hacia el este, más allá de donde estaba el edificio incendiado, y me dirigí hacia un lugar donde un brazo de arena en el coral llegaba hasta los arrecifes. Allí pude sentarme y pensar, de espaldas al mar, y mirando hacia el interior para evitar cualquier sorpresa. Me acomodé con la barbilla apoyada en las rodillas, el sol desplomándose sobre mí y el terror creciendo en mi cerebro, planeando cómo podría vivir hasta la hora de mi rescate (si es que alguien venía a rescatarme). Intenté analizar la situación con tanta tranquilidad como pude, pero era imposible dejar de lado las emociones.

Empecé a darle vueltas en la cabeza a las razones de la desesperación de Montgomery. «Cambiarán —había dicho—. Seguro que cambiarán.» ¿Y Moreau? ¿Qué había dicho Moreau? «La obstinada naturaleza animal persiste, día tras día, y vuelven a su origen...» Entonces me acordé de la hiena porcina y me convencí de que, si yo no mataba a aquel animal, él acabaría conmigo... El que dictaba la Ley había muerto, ¡para mi desgracia! Ahora todos sabían que a nosotros, los que teníamos el látigo, se nos podía matar, y que ellos mismos podían morir asesinados...

¿Estarían espiándome ya desde la espesa vegetación, entre los helechos y las palmeras, esperando a que me internara por allí para atacarme? ¿Qué les habría dicho la hiena porcina? Mi imaginación se desbocaba y me arrastraba a un laberinto de temores infundados.

Me despertaron de mi ensoñación los gritos de unas gaviotas que se abalanzaron contra un objeto negro que las olas habían arrastrado a la playa, cerca del edificio abrasado. Enseguida supe qué era, pero no tuve ánimo para ir y devolverlo al mar. Empecé a caminar por la playa en la dirección contraria, pensando en llegar al extremo oriental de la isla, y desde allí aproximarme al barranco de las guaridas, sin tener que cruzar la jungla y correr el riesgo de alguna emboscada.

Cuando había recorrido más o menos un kilómetro por la playa, me di cuenta de que una de mis tres bestias salía de los arbustos y se dirigía hacia mí. En ese momento estaba muy nervioso por mis preocupaciones e inmediatamente saqué mi revólver. Ni siquiera los gestos amistosos de la criatura consiguieron que bajara el arma.

El animal dudó en aproximarse.

—¡Fuera! —grité.

Había algo que recordaba mucho a un perro en la actitud acobardada de aquella criatura. Se apartó un poco, casi como cuando a un perro se le dice que se vaya, y luego se detuvo, mirándome con mirada suplicante con sus caninos ojos almendrados.

—¡Vete! —repetí—. No te acerques a mí.

—¿No puedo acercarme a ti? —dijo.

—No. Vete —insistí, e hice restallar el látigo.

Entonces, sujetando el látigo con los dientes, busqué una piedra y, solo con la amenaza, la criatura se alejó.

Así, solo, llegué a los alrededores del barranco donde se encontraban las grutas de aquellas bestias y, oculto entre la maleza y los juncos que separaban aquella quebrada del mar, observé sus movimientos, intentando averiguar por sus gestos y su actitud cómo les habían afectado las muertes de Moreau y de Montgomery, y la destrucción de la Mansión del Dolor. Ahora me doy cuenta de la estupidez de mi cobardía. Si hubiera conservado el valor que tuve al amanecer y no hubiera dejado que se desvaneciera con mis pensamientos solitarios, podría haberme hecho con el cetro vacante de Moreau y haber reinado sobre aquel pueblo de animales humanizados. Pero, tal y como se desarrollaron los acontecimientos, perdí mi oportunidad y me quedé en un simple líder entre iguales.

Hacia el mediodía, algunos de ellos salieron y se quedaron en cuclillas en la arena caliente, disfrutando del sol. La acuciante voz del hambre y la sed prevaleció sobre mis miedos. Salí de los arbustos y, revólver en mano, bajé hasta donde estaban sentadas aquellas criaturas. Una de ellas, una mujer lobo, volvió la cabeza y se quedó mirándome, y luego hicieron otro tanto las demás. Ninguna hizo ademán de levantarse o de saludarme. Me sentía demasiado débil y cansado para insistir mucho, así que lo dejé pasar.

—Quiero comida —dije, casi disculpándome, y me acerqué a ellos.

—Hay comida en las guaridas —dijo con aire soñoliento un buey con trazas de jabalí, y apartó la mirada de mí.

Los dejé allí y bajé a las pestilentes sombras del barranco, casi desierto. En una guarida vacía pude comer algunas frutas picadas y medio podridas, y luego, tras poner ramas y palos sueltos en el umbral de la guarida, y colocarme de frente a la entrada con la mano en el revólver, el agotamiento de las últimas treinta horas hizo mella en mí y me dejé caer en un ligero sueño, confiando en que la endeble barricada que había levantado hiciera el ruido suficiente para despertarme si alguien la movía y pudiera, así, evitar cualquier sorpresa.

CAPÍTULO 21

La obstinada naturaleza animal

Así fue como me convertí en uno más entre las bestias humanizadas de la isla del doctor Moreau. Cuando me desperté, todo era oscuridad a mi alrededor. Me dolía mucho el brazo vendado. Me incorporé, sin saber al principio ni dónde estaba. Oí unas cuantas voces broncas conversando en el exterior. Entonces comprobé que mi barricada de la entrada había desaparecido y que la abertura de la gruta estaba despejada. Aún tenía el revólver en la mano.

Oí una respiración y vi algo agazapado a mi lado. Contuve el aliento, intentando ver qué era. Empezó a moverse lenta, interminablemente. En ese momento algo suave, cálido y húmedo me tocó la mano.

Todos mis músculos se contrajeron. Aparté la mano y empecé a lanzar un grito de terror que se quebró en mi garganta. Entonces me di cuenta de lo que había ocurrido y me aferré al revólver.

—¿Quién anda ahí? —dije, con un susurro mientras apuntaba con el revólver.

—Yo, Amo.

—¿Quién eres?

—Dicen que ya no hay Amo. Pero yo sé, yo sé. Yo llevé los cuerpos al mar, oh, Tú que Caminas sobre el Mar, los cuerpos de aquellos que tú mataste. Yo soy tu esclavo, Amo.

—¿Eres el que estaba en la playa? —pregunté.

—Sí, Amo.

Aquella criatura era evidentemente digna de confianza, porque podría haberme atacado mientras yo estaba dormido.

—Está bien —dije, extendiendo mi mano para que la lamiera otra vez. Empecé a darme cuenta de lo que aquella presencia significaba y recuperé otra vez el valor—. ¿Dónde están los otros? —pregunté.

—Están enfadados. Están locos —dijo el hombre perro—. Ahora hablan juntos ahí. Dicen: «El Amo ha muerto; el Otro con Látigo ha muerto. El Otro que Camina por el Mar está... como hemos visto. No tenemos Amo, no hay látigos, ya no hay Mansión del Dolor. Es el final. Nosotros amamos la Ley y la mantendremos; pero ya no hay dolor, ni Amo ni látigos, nunca más». Eso dicen. Pero yo sé, Amo, yo sé.

Palpé en la oscuridad y le di unos golpecitos en la cabeza al hombre perro.

—Está bien —repetí.

—Ahora los matarás a todos —dijo el hombre perro.

—Ahora... —contesté—. Los mataré a todos... pero cuando hayan pasado algunos días y hayan sucedido algunas cosas. Todos, salvo los que tú elijas, morirán.

—Lo que el Amo quiera matar, el Amo lo mata —dijo el perro humano con cierta satisfacción en su voz.

—Que aumenten sus pecados —dije—; que vivan su locura hasta que llegue su hora. Que no sepan que yo soy el Amo.

—La voluntad del Amo es justa —dijo el hombre perro, con la inmediatez de su espíritu canino.

—Pero uno ha pecado —dije—. A ese lo mataré en cuanto lo vea. Cuando yo te diga: «Ese es», atácalo. Y ahora iré con esos hombres y mujeres que están reunidos.

Momentáneamente la entrada de la gruta se oscureció por la salida del hombre perro. Yo salí después y me puse en pie, casi en el mismo lugar en el que estaba cuando oí que Moreau venía persiguiéndome con los perros. Pero ahora era de noche, y todo el apestoso barranco de las bestias estaba a oscuras, y al fondo, en vez de la cuesta iluminada por el sol, solo vi un fuego rojizo ante el que había unas cuantas figuras encorvadas que iban y venían. Más allá, la densa vegetación de árboles, un bosque de oscuridad coronado por el encaje negro de las ramas superiores. La luna estaba saliendo en ese momento por el borde del barranco y, como una reja que encarcelara su redondez, se elevaban las columnas de vapor que constantemente ascendían de las fumarolas de la isla.

—Ven conmigo —dije, haciendo acopio de valor, y codo con codo bajamos por el estrecho camino, sin prestar mucha atención a las criaturas medio ocultas que nos observaban desde la entrada de sus guaridas.

Ninguno de los que estaban en la hoguera hizo ademán de saludarme. La mayoría de ellos me ignoraron ostensiblemente. Busqué por el lugar a la hiena porcina, pero no estaba allí. En total habría unas veinte bestias, en cuclillas, mirando el fuego o hablando entre ellas.

—Está muerto, está muerto, el Amo está muerto —dijo una voz, la del hombre mono, a mi derecha—. La Mansión del Dolor... ya no hay Mansión del Dolor.

—No está muerto —dije, en voz alta—. En este momento nos está mirando.

Esto los sobresaltó. Veinte pares de ojos me miraron.

—La Mansión del Dolor ya no existe —dije—. Pero volverá a existir. No podéis ver al Amo. Pero él os ve desde el cielo.

—Verdad, verdad —dijo el hombre perro.

Parecieron asombrados ante la seguridad de mis palabras. Un animal puede ser feroz y muy astuto, pero solo los hombres pueden mentir.

—El Hombre con el Brazo Vendado dice cosas extrañas —dijo una de las bestias.

—Lo que os digo es cierto —repliqué—. El Amo y la Mansión del Dolor volverán. ¡Y ay de aquel que quebrante la Ley!

Hubo miradas suspicaces entre ellos. Con un aire de fingida indiferencia empecé a machacar despreocupadamente la hierba que tenía a mis pies con mi machete. Noté que se fijaban en los profundos cortes que hacía en el césped.

Entonces el sátiro planteó una duda; yo la contesté, y luego una de las criaturas moteadas protestó, y así se inició una animada discusión en torno al fuego. Empecé a estar cada vez más convencido de mi verdadera seguridad.

Ahora les hablaba sin perder el aliento por la intensidad de la tensión, como me había pasado al principio. Al cabo de una hora, más o menos, ya había convencido a varias bestias de la verdad de mis aseveraciones y había sembrado las dudas en todas las demás. Mantuve un ojo bien abierto por si se presentaba mi enemiga, la hiena porcina, pero no apareció. De vez en cuando me sobresaltaba algún ruido o movimiento sospechoso, pero mi confianza crecía rápidamente. Entonces, cuando la luna empezó a descender del cénit, los asistentes a aquella asamblea empezaron a bostezar (enseñando sus extraños dientes a la luz del fuego mortecino) y, primero uno y luego otro, fueron retirándose a sus guaridas en el barranco. Y yo, temiendo el silencio y la oscuridad, me retiré con ellos, sabiendo que estaba más seguro con varios que con uno solo.

De esta manera empecé la parte más larga de mi estancia en la isla del doctor Moreau. Pero desde esa noche hasta el último día no hubo más que una cosa interesante que contar, aparte de una serie de innumerables y pequeños detalles desagradables y el desasosiego de una constante inquietud. Así que prefiero no hacer la crónica de ese lapso de tiempo y ceñirme solo al incidente principal de los diez meses que pasé como uno más de aquellos animales semihumanizados. Hay muchas cosas grabadas en mi memoria que podría escribir, cosas por las que con mucho gusto daría mi mano derecha por poder olvidarlas. Pero esas cosas no contribuyen a contar esta historia. En retrospectiva, resulta extraño recordar lo pronto que me adapté a las costumbres de aquellos monstruos y volví a recuperar la confianza en mí mismo. Tuve mis peleas, por supuesto, y aún puedo mostrar las marcas de algunas mordeduras, pero enseguida empecé a granjearme su respeto gracias a mi habilidad para lanzar piedras y al filo de mi machete. La lealtad de mi hombre perro San Bernardo me fue infinitamente útil. Descubrí que la sencilla jerarquía entre aquellas criaturas se basaba sobre todo en la capacidad para infligir heridas punzantes. De hecho, puedo decir —sin que resulte vanidoso, espero— que llegué a ostentar algo parecido a cierta preeminencia sobre ellas. Un par de aquellas bestias, a quienes en distintas disputas había herido con bastante saña, me guardaban rencor, pero ese resentimiento se ventilaba generalmente a mis espaldas, con gruñidos y miradas aviesas, y a una distancia segura del alcance de mis piedras.

La hiena porcina me evitaba y yo siempre estaba alerta por si aparecía. Mi inseparable hombre perro también odiaba a aquel engendro y lo temía muchísimo. En realidad, creo que ese odio estaba en la raíz del apego que este perro humano sentía hacia mí. Pronto se me hizo evidente que el monstruo con aspecto de hiena había probado la sangre y que seguía los pasos del hombre leopardo. Seguramente se hizo un cubil en alguna parte del bosque y vivía como un animal solitario. En cierta ocasión intenté convencer a las bestias para que fuéramos a cazarlo, pero carecía de la autoridad necesaria para obligarlos a cooperar para alcanzar un fin concreto. Una y otra vez traté de aproximarme a su guarida y atacarlo desprevenido, pero era siempre más astuto que yo, y me veía o me olía, y huía. También consiguió que algunos caminos del bosque fueran peligrosos para mí y mis aliados, porque solía estar al acecho con sus emboscadas. El hombre perro apenas se atrevía a separarse de mi lado.

Durante el primer mes, más o menos, las bestias del poblado fueron bastante humanas, en comparación con la situación anterior, y con un par de ellas —aparte de mi amigo canino— llegué incluso a mantener una tolerancia amistosa. El pequeño perezoso despellejado mostraba un extraño afecto hacia mí y tenía la costumbre de seguirme a todas partes. Sin embargo, el hombre mono me hastiaba. Daba por hecho, basándose en sus cinco dedos, que era mi igual y siempre estaba parloteando a mi lado, farfullando las tonterías más absurdas. Había una cosa que sí me divertía: tenía una fantástica habilidad para acuñar nuevas palabras. Creo que había concebido la idea de que decir palabras que no significaban nada era la manera correcta de hablar. Lo llamaba «grandes pensamientos» para distinguirlos de los «pequeños pensamientos»: los razonables asuntos cotidianos. Si alguna vez le hacía algún comentario que no entendía, lo elogiaba muchísimo y me pedía que lo repitiera, se lo aprendía de memoria, y se lo iba repitiendo por ahí, con palabras equivocadas generalmente, a las criaturas más amigables. No pensaba nada que fuera sencillo y comprensible. Yo inventé algunos «grandes pensamientos» muy graciosos para su uso particular. Ahora creo que era la criatura más tonta que he conocido jamás; había desarrollado del modo más extraordinario la característica tontería humana sin perder ni un ápice de la tontería natural de un mono.

Esto, digo, ocurría durante las primeras semanas de mi estancia solitaria entre aquellos animales. Durante ese tiempo respetaron las costumbres establecidas por la Ley y se comportaron con un decoro aceptable en términos generales. Una vez encontré a otro conejo despedazado —por la hiena porcina, estoy seguro—, pero eso fue todo. Sería el mes de mayo cuando por vez primera percibí claramente una notable diferencia en su modo de hablar y en su manera de actuar; su articulación iba haciéndose cada vez más áspera y cada vez parecían menos inclinados a hablar. Mi hombre mono farfullaba cada vez más alto, pero sus chillidos eran cada vez menos y menos comprensibles, y más y más simiescos. Algunos de los otros parecían haber perdido por completo la capacidad de hablar, aunque por entonces aún entendían lo que les decía. ¿Se puede imaginar que una lengua, una vez clara y precisa, se debilite y se entrecorte, y pierda su forma y su intensidad, y que acabe convertida en meros gruñidos de nuevo? Cada vez andaban erectos con más dificultad. Aunque evidentemente se sentían avergonzados de sí mismos, de vez en cuando descubría a alguno corriendo sobre los dedos de los pies y de las manos e incapacitado para recobrar la verticalidad. Sujetaban las cosas con más torpeza; bebían sorbiendo, se alimentaban rumiando; cada día eran más toscos. Percibí, con más claridad que nunca, aquello que el doctor Moreau me dijo sobre la «obstinada naturaleza animal». Estaban olvidando todas sus habilidades y su naturaleza se estaba revirtiendo rápidamente.

Algunos de ellos —las primeras en este proceso, lo noté con cierta sorpresa, eran todas hembras— empezaron a ignorar las reglas de la decencia, la mayoría, de manera deliberada. Otros incluso intentaron infringir pública y violentamente la institución de la monogamia. La tradición de la Ley estaba perdiendo fuerza muy a las claras. Prefiero no seguir con este desagradable asunto. Mi hombre perruno imperceptiblemente volvía a ser un perro otra vez; día a día se volvía más callado, cuadrúpedo, peludo. Yo apenas noté la transición del compañero que me seguía a todas partes al perro tambaleante que iba a mi lado. A medida que la despreocupación y la desorganización aumentaban día tras día, el corredor de guaridas, aunque nunca fue agradable, se convirtió en un lugar tan asqueroso que tuve que irme de allí hasta el otro extremo de la isla, donde me hice un refugio con ramas, en medio de las ruinas negruzcas del recinto del doctor Moreau. Según pude intuir, el leve recuerdo de aquel emplazamiento como lugar de tortura y dolor lo convertía en el sitio más seguro para evitar a las bestias.

Sería imposible detallar cada paso en el proceso de reversión de estos monstruos; es imposible explicar cómo, día a día, el semblante humano desaparecía; y cómo se desembarazaban de las vendas y las telas, abandonando hasta el último pedazo de ropa; y cómo el pelaje volvía a extenderse por todo su cuerpo y sus miembros; cómo sus frentes se retraían y sus rostros se proyectaban hacia delante; cómo la relación casi humana que me había permitido con algunos de ellos en el primer mes de mi estancia en soledad en la isla se convirtió en un horror al recordarla.

El cambio fue lento e inexorable. Para ellos y para mí, aquello se produjo sin que hubiera ninguna gran conmoción. Yo aún podía estar seguro entre ellos, porque no se produjo un sobresalto tan fuerte en su regresión que aumentara de forma sustancial la carga de animalidad que iba desbancando su humanidad día a día. Pero empecé a temer que en algún momento tendría lugar esa conmoción. Mi San Bernardo vino conmigo a las ruinas del recinto y su vigilancia me permitía dormir a veces con algo que se parecía a la tranquilidad. El pequeño perezoso rosa se volvió muy esquivo y al final me abandonó: trepó a su vida natural de nuevo, entre las ramas de los árboles. Estábamos exactamente en ese frágil estado de equilibrio que habría en esas jaulas de animales que llaman «Familia Feliz»[1] y que exhiben los domadores de animales, en caso de que el domador se fuera para siempre.

Por supuesto, aquellas criaturas no regresaban a su estado animal como el lector puede haberlos visto en los parques zoológicos, con su aspecto habitual de osos, lobos, tigres, bueyes, cerdos o monos. Aún quedaba algo extraño

1. Las jaulas «Happy Family» eran pequeñas escenas donde se apiñaban distintos tipos de animales que, aparentemente, convivían felizmente. Pero no solo eran espectáculos públicos con animales grandes; también eran pequeños zoológicos domésticos (con pájaros, roedores o reptiles) que estuvieron de moda durante todo el siglo XIX, sobre todo en Inglaterra.

en ellos; en cada uno, Moreau había mezclado un animal con rasgos de otro; podían ser úrsidos principalmente, o en especial felinos o bovinos, pero todos estaban teñidos con aspectos de otras criaturas: una especie de animalidad generalizada que aparecía entre las características específicas. Y los jirones de humanidad que iban menguando poco a poco aún me sorprendían de vez en cuando: tal vez una recuperación ocasional del habla, una inesperada destreza de las patas delanteras o un lamentable intento de caminar erguidos...

Yo también debí sufrir algunos cambios peculiares. La ropa que llevaba colgaba en jirones amarillentos y, entre los harapos, aparecía mi piel quemada por el sol. Tenía el pelo largo y se convirtió en una maraña enredada. Me dicen que, incluso ahora, mi mirada tiene un brillo extraño, unos movimientos rápidos, como quien está permanentemente alerta.

Al principio pasaba las horas diurnas en las playas del sur, oteando el horizonte en busca de un barco, esperando y rezando porque apareciera. Yo contaba con que el Ipecacuanha volvería al cabo de un año, pero jamás regresó. En cinco ocasiones vi unas velas, y otras tres distinguí humo, pero nadie se acercó a la isla. Yo siempre tenía una hoguera encendida, pero sin duda la fama del islote como tierra volcánica favorecía que nadie tuviera en cuenta el humo.

Fue en septiembre o en octubre cuando empecé a pensar en construir una balsa. Para entonces mi brazo ya se había curado y podía utilizar las dos manos de nuevo. Al principio me pareció asombrosa mi incompetencia. Yo nunca había hecho nada de carpintería o cosa semejante en toda mi vida, y pasé muchos días haciendo pruebas en el bosque, cortando madera y atando ramas. No tenía cuerdas y no encontré nada con que hacerlas; ninguna de las abundantes plantas trepadoras parecía lo suficientemente flexible o fuerte y, a pesar de toda mi educación científica, tampoco pude dar con ninguna manera de confeccionarlas. Estuve más de quince días rebuscando entre las negruzcas ruinas del edificio del doctor Moreau, y también en la playa donde se habían quemado las barcas: necesitaba encontrar clavos y otras piezas de metal que pudieran hacerme algún servicio. De vez en cuando alguno de los engendros animales se quedaba mirándome, pero huía cuando lo llamaba. Hubo una temporada de tormentas y fuertes aguaceros que retrasaron mi trabajo, pero al final terminé de construir la balsa.

Yo estaba encantado con ella. Pero con la falta de cierto sentido práctico de la vida, que ha sido un obstáculo constante en mi existencia, la construí a más de un kilómetro y medio de la playa, así que, antes de que consiguiera arrastrarla a la orilla del mar, ya se había desmoronado. Tal vez fue una suerte que no pudiera lanzarla al agua. Pero en ese momento me sentí tan desgraciado y tan fracasado que durante algunos días no hice más que deambular por la playa, mirar las aguas y pensar en la muerte.

Pero no tenía intención de morir y ocurrió un incidente que me advirtió inequívocamente de que sería una locura dejar pasar los días de aquel modo, porque con cada amanecer aumentaba el peligro de estar cerca de aquellos monstruos bestiales. Estaba yo tendido a la sombra de uno de los muros del viejo edificio, mirando el mar, cuando me sobresaltó algo frío que me tocó la piel del talón, y cuando me volví, vi a aquella criatura, el pequeño perezoso despellejado, mirándome a la cara. Hacía mucho tiempo que el animalillo había perdido la capacidad de hablar y la posibilidad de moverse con agilidad; además, su pelo lacio era más abundante cada día y sus torpes garras cada vez eran más curvas. Emitió una especie de lamento cuando vio que había llamado mi atención, hizo ademán de acercarse a los arbustos y volvió a mirarme.

Al principio no entendí qué quería, pero al final se me ocurrió que pretendía que lo siguiera, y eso fue lo que hice, lentamente, porque era un día muy caluroso. Cuando llegamos a los árboles, él trepó a uno, porque se desplazaba mejor entre las lianas que sobre el suelo.

Y, de repente, en un terreno abrupto, me encontré con una escena espantosa. Mi San Bernardo yacía en el suelo, muerto, y junto a su cadáver estaba agachada la hiena porcina, escarbando la carne aún temblorosa con sus garras deformes, desgarrándola y gruñendo de placer. Cuando me aproximé, el monstruo levantó sus ojos brillantes para cruzar su mirada con la mía; su boca se retrajo para enseñarme los dientes manchados de sangre y me gruñó con gesto amenazante. No tenía miedo ni estaba avergonzado. Los últimos vestigios de humanidad que le quedaran habían desaparecido. Di un paso adelante, me detuve, saqué mi revólver. Por fin lo tenía delante, cara a cara.

El animal no hizo ningún amago de huir. Al contrario, sus orejas se retrajeron, su pelo se erizó y todo su cuerpo se encogió. Le apunté entre los ojos y disparé. Cuando lo hice, el engendro saltó hacia mí y me derribó como si fuera un muñeco de feria. Me sujetó con sus manos atrofiadas y me golpeó en la cara. Al saltar, había caído sobre mí. Me encontré debajo de su cuerpo, pero afortunadamente había acertado el disparo y había muerto mientras se abalanzaba sobre mí. Salí arrastrándome de debajo del peso muerto de su cuerpo apestoso y me incorporé temblando, mirando el cuerpo que aún sufría sus últimos espasmos. Al menos ese peligro ya había desaparecido. Pero ese, lo sabía, era solo el primero de una serie de incidentes que con seguridad se producirían por las regresiones.

Quemé los dos cadáveres en una pira de matorrales. En realidad, en ese preciso instante vi claramente que, a menos que abandonara la isla, mi muerte era solo una cuestión de tiempo. Las bestias, en esos momentos, ya habían abandonado el barranco de grutas —con un par de excepciones—, y se habían hecho nidos y guaridas, de acuerdo con su naturaleza, entre los arbustos y matorrales de la isla. Por el día había pocas que se dejaran ver; la mayoría de ellas dormía y el lugar podría haber parecido una isla desierta a cualquier recién llegado; pero por la noche la atmósfera adquiría tonos aterradores, con sus gritos y aullidos. A veces pensaba en emprender una masacre: poner trampas o enfrentarme a ellas con mi cuchillo. Si hubiera tenido suficientes balas, no habría dudado en acometer aquella matanza. A esas alturas apenas quedarían veinte carnívoros peligrosos; los más agresivos ya habían muerto.

Después de la muerte de mi pobre perro, mi último amigo, yo también adopté en cierta medida la costumbre de dormitar durante las horas de luz, con el fin de mantenerme alerta por la noche. Reconstruí mi guarida junto a los muros derruidos del edificio del doctor Moreau, con una entrada tan estrecha que cualquier cosa que quisiera entrar necesariamente tendría que hacer un ruido considerable. Las criaturas también habían perdido ya la habilidad para hacer fuego y habían vuelto a tenerle miedo. Volví, una vez más, casi febrilmente esta vez, a ensamblar troncos y ramas para hacer una balsa con la que escapar de allí.

Me topé con mil dificultades. Soy un hombre extremadamente torpe en los trabajos manuales (terminé mis estudios antes de la época del Slöjd),[2] pero al final conseguí cumplir con todos los requisitos básicos que exige una balsa, aunque de una manera muy torpe y retorcida, y esta vez me ocupé sobre todo de que fuera sólida y segura. El único obstáculo insuperable era que no tenía ninguna vasija para el agua que seguramente necesitaría si navegaba por aquellos mares tan poco transitados. Habría querido hacer algún cacharro de cerámica, pero en la isla no había arcilla. Solía deambular amargado por la isla, intentando con todas mis fuerzas resolver ese último problema. A veces me dejaba llevar por violentos ataques de ira y, en mi

2. El Slöjd o educación manual fue un sistema formativo basado en la importancia que se concedía a las manualidades con madera, tela y otros materiales naturales. Tuvo cierta fortuna en Inglaterra a partir de 1880 y sigue vigente especialmente en los países escandinavos.

insoportable amargura, destrozaba y convertía en astillas algún desafortunado árbol. Pero no se me ocurría nada.

Entonces llegó un día, un día maravilloso, que viví en completo éxtasis. Vi una vela hacia el suroeste, una pequeña vela como la de una pequeña balandra, y enseguida encendí un gran montón de arbustos y me quedé allí, junto al calor del fuego y bajo el calor del sol del mediodía, oteando el horizonte. Todo el día estuve viendo aquella vela, sin comer ni beber nada, así que al final la cabeza ya me daba vueltas. Las bestias se acercaban y me miraban, parecían asombrarse y luego se iban. El barco aún estaba muy lejos; entonces llegó la noche y se lo tragó; procuré que mi hoguera brillara durante todas las horas de oscuridad y fuera grande; los ojos de las bestias brillaban en las sombras, maravillados y atónitos. Al amanecer, el barco estaba más cerca y vi que era la desastrada vela de una pequeña embarcación. Tenía la vista agotada de tanto mirar el mar, y cuando me fijé, no me lo podía creer. Había dos hombres en el barco, sentados o medio agachados, uno estaba en la proa y el otro en el timón. Pero el barco navegaba de un modo un poco extraño. No se mantenía frente al viento; perdía el rumbo y se alejaba.

Cuando clareó el día, empecé a hacer señales con el último jirón de mi chaqueta; pero no me vieron: seguían allí quietos, uno frente al otro. Fui hasta el punto más bajo del promontorio e hice señas y grité. No hubo respuesta alguna y el barco siguió su rumbo caótico: parecía que estaban intentando girar lenta, muy lentamente, hacia la bahía. De repente, un gran albatros salió volando hacia la barca, pero ninguno de los dos hombres se inmutó ni le prestó atención. El ave dio una vuelta por encima de la vela y luego regresó con sus poderosas alas desplegadas.

Entonces dejé de gritar, me senté en el promontorio, apoyé la barbilla en las manos y me quedé mirando. Lenta, muy lentamente, el barco fue virando hacia el oeste. Podría haber nadado hasta allí, pero algo, un temor frío e indefinido, me retuvo. Por la tarde subió la marea y el barco quedó a unos cien metros, más o menos, al oeste de las ruinas del edificio del doctor Moreau.

Los hombres del barco estaban muertos, habían muerto hacía mucho tiempo, tanto que se desmenuzaron cuando incliné el barco de un costado y lo arrastré hasta la playa. Uno tenía una mata de pelo rojo parecida a la del capitán del Ipecacuanha, y había un gorro blanco y sucio en el fondo del bote. Cuando estaba tirando del barco, vi a tres bestias que salían de la maleza y olisqueaban lo que estaba haciendo. Tuve náuseas y sentí asco al tenerlas cerca. Arrastré el pequeño bote hasta la playa y me subí a él. Dos de los tres animales eran engendros lobunos y se adelantaron husmeando y con los ojos brillantes; el tercero era el horroroso e indescriptible oso con trazas de toro.

Cuando vi que se aproximaban aquellos restos desgraciados de la experimentación del doctor Moreau, también oí cómo se gruñían unos a otros y vi el brillo de sus dientes, y mi asco se convirtió en un espanto inenarrable. Les di la espalda, icé la vela de proa y comencé a remar mar adentro. No me atreví a mirar atrás.

Pero me quedé toda la noche entre el arrecife y la isla,

y a la mañana siguiente desembarqué y fui hasta el arroyo para llenar con agua un barril vacío que había a bordo. Luego, con toda la paciencia que pude reunir, recolecté alguna fruta, y aceché y maté dos conejos con mis últimas tres balas. Mientras hacía todo esto, dejé el bote amarrado a un saliente del arrecife, por miedo a que los monstruos se acercaran.

CAPÍTULO 22

Un hombre solo

Al atardecer, zarpé y me interné en el mar con una suave brisa del suroeste, lentamente pero con una velocidad constante, y la isla se fue haciendo cada vez más y más pequeña, y la lánguida columna de humo se redujo a una línea cada vez más y más fina frente al cálido atardecer. El océano me rodeó por fin y alejó de mi vista aquella mancha estrecha y oscura. La luz diurna, los últimos rayos gloriosos del sol, fueron desapareciendo del cielo y se retiraron como un luminoso telón, y al final me vi en aquel abismo de inmensidad azul que la luz del sol oculta, y admiré la miríada de estrellas en el cielo. En el mar reinaba el silencio, en el cielo reinaba el silencio. Y yo estaba solo con la noche y el silencio.

Así estuve, a la deriva, durante tres días, comiendo y bebiendo muy poco, meditando sobre todo lo que me había pasado y, en aquel momento, sin muchas ganas de volver a ver a nadie. Solo me cubría con un harapo sucio y mi pelo era una maraña negra. Sin duda, los que me encontraran pensarían que era un loco. Es extraño, pero no tenía ningún deseo de volver a la civilización de los hombres. Solo me alegraba de haberme librado de la locura de aquellos engendros bestiales. Y el tercer día fui rescatado por un bergantín que iba de Apia a San Francisco. Ni el capitán ni el timonel creyeron mi historia, y pensaron que la soledad y el peligro me habían vuelto loco. Y temiendo que su opinión pudiera ser la de todo el mundo, me abstuve de contarle mi aventura a nadie más, y me prometí no recordar nada de lo que me había ocurrido entre el hundimiento del Lady Vain y el momento en el que fui rescatado: un año.

Tuve que actuar con la mayor prudencia y circunspección para evitar que se sospechara de mi falta de juicio. Mis recuerdos de la Ley, de los dos marineros muertos, de las emboscadas en la oscuridad, del cadáver en el cañaveral, me perseguían. Y, aunque pueda parecer antinatural, con mi regreso a la civilización, en vez de la confianza y la comprensión que había esperado, solo tuve un extraño acrecentamiento de la incertidumbre y del temor que había sufrido durante mi estancia en la isla. Nadie me creía: yo era casi tan raro para los hombres como lo había sido para las bestias del doctor Moreau. Puede que asimilara algo de la naturaleza salvaje de aquellos con los que conviví.

Dicen que el terror es una enfermedad; en cualquier caso, puedo atestiguar que, desde hace bastantes años, un temor constante habita en mi espíritu, como el que tiene un cachorro de león medio domesticado. Mi dolencia adquirió la forma más extraña. No pude convencerme de que los hombres y las mujeres con los que me encontraba no eran más que otros ejemplares de engendros bestiales, aunque aceptablemente humanos, animales medio artificiales con la imagen exterior de seres humanos, y que al final empezarían a retroceder a su condición original, a mostrar primero un indicio de su bestialidad y luego otro. Pero he confiado mi caso a un hombre excepcional y muy capaz, que conoció en su día al doctor Moreau, y me pareció que daba cierto crédito a mi historia, un especialista mental, y me ha ayudado muchísimo.

Aunque no espero que el terror que me inspiró aquella isla me abandone por completo jamás, la mayor parte del tiempo permanece semioculto, en el fondo de mi mente, como una nube lejana, un recuerdo y una leve desconfianza; pero hay veces en las que esa pequeña nubecilla se agranda y oscurece todo el cielo. Entonces miro a mi alrededor, a mis semejantes. Y siento terror. Veo caras inteligentes y brillantes; otras, torpes y peligrosas; algunas, inquietas y taimadas; y ninguna tiene la tranquila autoridad de un espíritu razonable. Siento como si el animal estuviera esforzándose en salir a la superficie; que al final la degradación de aquellos engendros isleños volverá a repetirse una vez más, pero a gran escala. Yo sé que esto es una ilusión, que estos supuestos hombres y mujeres que hay a mi alrededor son hombres y mujeres de verdad, hombres y mujeres para siempre, criaturas perfectamente razonables, plenos de deseos humanos y de cariñosa amabilidad, liberados de los instintos y de la esclavitud de una Ley fantasiosa: seres por completo diferentes a los engendros bestiales de la isla del doctor Moreau. Sin embargo, huyo de ellos, de sus miradas curiosas, de sus preguntas y de su ayuda, y deseo estar lejos de ellos y solo.

Por esa razón vivo en el campo y puedo huir allí cuando las sombras oscurecen mi alma. Y la campiña solitaria me resulta muy agradable entonces, bajo el cielo barrido por los vientos. Cuando vivía en Londres, el horror era casi insoportable. No podía huir de la gente; sus voces me llegaban a través de las ventanas; las puertas cerradas eran salvaguardas muy endebles. Salía a las calles para luchar con mi locura y las mujeres que merodeaban las calles maullaban a mis espaldas; hombres codiciosos me miraban aviesos y con malas intenciones; obreros pálidos iban tosiendo a mi lado, con miradas cansadas y el paso apresurado como venados heridos que fueran sangrando; viejos encorvados y apagados pasaban junto a mí murmurando para sí mismos; y todos sin prestar atención a las hordas de niños harapientos y granujas. Luego, si me apartaba y entraba en alguna capilla —tal era mi angustia—, me parecía que el predicador no hacía sino parlotear con «grandes pensamientos», igual que el hombre mono de la isla. O, si entraba en una biblioteca, allí las caras concentradas sobre los libros parecían pacientes criaturas acechando a una presa. Especialmente desagradables eran las caras vacías e inexpresivas de la gente en los trenes y en los autobuses; ya no parecían mis semejantes, sino más bien cuerpos muertos, así que no me atrevía a viajar a menos que pudiera asegurarme de ir solo. Incluso me parecía que yo tampoco era una criatura racional, sino solo un animal atormentado con algún extraño trastorno cerebral que me obligaba a vagar solitario, como una oveja con cenurosis.

Pero este estado de ánimo —gracias a Dios— es cada vez menos frecuente. Me he apartado del escándalo y la confusión de las ciudades y las multitudes, y paso el día rodeado de libros sabios, brillantes ventanas de nuestra vida, iluminada por las almas brillantes de los hombres. Veo a pocos desconocidos y tengo muy poca gente a mi servicio. Dedico mis días a la lectura y a ciertos experimentos de química, y paso muchas noches claras estudiando astronomía. Hay, aunque yo no sé cómo ni por qué, una sensación de paz infinita y de protección en la miríada de brillantes estrellas del cielo. Creo que debe de estar ahí, en las infinitas y eternas leyes de la naturaleza, y no en las preocupaciones cotidianas y en los pecados y problemas de los hombres, donde todo lo que es algo más que animal en nosotros encuentra su consuelo y su esperanza. Yo tengo esperanza, o no podría vivir. Y así, entre la esperanza y la soledad, concluye mi historia.

EDWARD PRENDICK*

* **Nota del autor**.— Lo fundamental del capítulo titulado «Las explicaciones del doctor Moreau», que contiene la idea fundamental de este relato, apareció en forma de relato científico en el *Saturday Review*, en enero de 1895. Esta es la única parte de la historia que se ha publicado con anterioridad y ha sido reformulada por completo para adaptarla a la forma narrativa. Aunque puede

resultar extraño para el lector lego en cuestiones científicas, no se puede negar que, sea cual sea la cantidad de credibilidad que se le conceda a los detalles de la historia, la fabricación de monstruos —y quizá incluso la de monstruos cuasi humanos— es una de las posibilidades de la cirugía moderna.

H. G. WELLS

A Herbert George Wells (Bromley, 1866 - Londres, 1946) se le conoce en la actualidad por ser, junto con Jules Verne, uno de los padres de la ciencia ficción. Sin embargo, en su época también obtuvo gran reconocimiento por denunciar las malas condiciones de vida de los más desfavorecidos. Con ocho años, el pequeño Bertie, como lo llamaban sus padres, se rompió una pierna tras un grave accidente, lo que lo obligó a permanecer en cama durante meses. Para evitar el aburrimiento, su padre le traía libros de la biblioteca, de autores como Charles Dickens o Washington Irving. Fue en ese momento cuando se aficionó a la lectura y, poco a poco, también a la escritura. Tanto sus hermanos como él tuvieron que emplearse en varios oficios para ayudar a sus padres. Gracias a una beca, Wells se matriculó en biología y, después de seis años, obtuvo el título de zoólogo. Además de denunciar los abusos sociales en algunas de sus obras, en sus libros más conocidos fue el primero en imaginar viajes en el tiempo, invasiones alienígenas o en adelantarse al avión, los viajes espaciales, los tanques e... ¡Internet! Sus títulos más conocidos son *La máquina del tiempo* (1895), *La isla del doctor Moreau* (1896), *El hombre invisible* (1897) y *La guerra de los mundos* (1898).

ÍNDICE

Austral Intrépida recopila las obras más emblemáticas de la literatura juvenil, dirigidas a niños, jóvenes y adultos, con la voluntad de reunir una selección de clásicos indispensables en la biblioteca de cualquier lector.

TÍTULOS DE LA COLECCIÓN:

Cuentos de Andersen,
Hans Christian Andersen
Peter Pan y Wendy, J. M. Barrie
El mago de Oz, L. Frank Baum
A través del espejo y lo que Alicia encontró allí,
Lewis Carroll
Alicia en el país de las maravillas,
Lewis Carroll
Las aventuras de Pinocho, Carlo Collodi
El perro de los Baskerville,
Arthur Conan Doyle
Las aventuras de Sherlock Holmes,
Arthur Conan Doyle
Robinson Crusoe, Daniel Defoe

Canción de Navidad, Charles Dickens
Cuentos de los Hermanos Grimm,
Jacob y Wilhelm Grimm
El jardín secreto, Frances Hodgson Burnett
Capitanes intrépidos, Rudyard Kipling
El Libro de la Selva, Rudyard Kipling
El rey Arturo y sus caballeros de la Tabla Redonda, Roger Lancelyn Green
Las crónicas de Narnia. El león, la bruja y el armario, C. S. Lewis
Colmillo Blanco, Jack London
La llamada de lo salvaje, Jack London
Ana, la de Tejas Verdes, Lucy Maud Montgomery
Mujercitas, Louisa May Alcott
Cuentos de Perrault, Charles Perrault
El extraño caso del Dr. Jekyll y Mr. Hyde,
Robert Louis Stevenson
La Isla del Tesoro, Robert Louis Stevenson
Viajes de Gulliver, Jonathan Swift
Las aventuras de Huckleberry Finn,
Mark Twain
Las aventuras de Tom Sawyer, Mark Twain
De la Tierra a la Luna, Jules Verne
La vuelta al mundo en ochenta días,
Jules Verne
Veinte mil leguas de viaje submarino,
Jules Verne
Viaje al centro de la Tierra, Jules Verne
La isla del doctor Moreau, H. G. Wells
La máquina del tiempo, H. G. Wells
El fantasma de Canterville y otros cuentos,
Oscar Wilde